KB142095

중학생 독후감 필독선 42

중학생이 보는

HEUNGBU ONGGOJIP

흥부전 · 옹고집전

성낙수(한국교원대 교수) · 조현숙(제천공업고 교사) · 김은정(묵호여중 교사) 엮음

좋은 책 좋은 독자를 만드는—
㈜신원문화사

책 머리에

더 이상 언급할 필요도 없지만 요즘은 독서의 중요성이 더욱 강조되는 시대입니다. 첨단과학으로 이루어진 대중매체 덕분에 눈으로 읽는 것보다는 말초신경을 자극하는 동영상 쪽으로 관심이 모아지는 데 대한 우려 때문일 것입니다. 꿈과 희망을 가지고 자라나는 학생들에게는 올바른 사고력과 분별력을 키워주어야 합니다. 그런 점에서 다른 사람들의 생각과 철학, 인생관과 세계관이 들어 있는 명작들을 많이 읽는 것이야말로 바람직한 학습 효과를 거둘 수 있는 지름길이라 생각합니다.

명작은 오랜 세월에 걸쳐 많은 사람들이 읽고 크게 감동을 받은 인정된 작품들로서, 청소년들의 삶에 지침이 되어 주고 인생관에 변화를 주게 될 것입니다.

이번에 중학생들에게 꼭 읽히고 싶은 명작들을 선정하여, 작품을 바르게 감상하고 독후감을 쓰는 데 도움을 주고자 이 시리즈를 기획하게 되었습니다. 작품들은 동서고금에 걸쳐 객관적으로 인정받은, 훌륭한 대상만을 선정하였습니다. 그리고 책의 구성을 다음과 같이 하여, 읽고 쓰는 데 도움이 되도록 하였습니다.

하나, 삶에 대한 지혜와 용기를 주고 중학생이라면 꼭 읽어야 할 명작만을 골랐습니다.

둘, 명작을 읽고 난 후의 솔직한 느낌을 논리적 · 체계적으로 쓸 수 있도록 중학생들의 독후감 작성에 따르는 부담을 덜어 주도록 구성하였습니다.

셋, 작품 알고 들어가기, 내용 훑어보기, 작품 분석하기, 등장인물 알기를 통해 작품을 분석하는 힘을 기를 수 있도록 하였습니다.

넷, 작가 들여다보기, 시대와 연관짓기, 작품 토론하기 등을 통해 작가의 일생을 알고 시대의 흐름을 파악하여 상상력과 창의력을 키워 주도록 하였습니다.

다섯, 독후감 예시하기와 독후감 제대로 쓰기에서는 책을 읽는 방법과 독후감 모범답안 실례를 제시함으로써 문장력을 길러주는 한편 독후감 쓰기의 충실한 길라잡이가 되도록 했습니다.

아무쪼록 이 책들이 중학생들의 학습 능력 향상에 큰 도움이 되길 빌어 마지 않습니다.

엮은이 성 낙 수

차 례

중학생이 보는

HEUNGBU HEUNGBU

흥부전

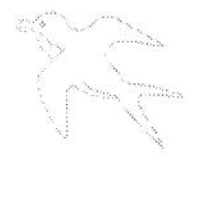

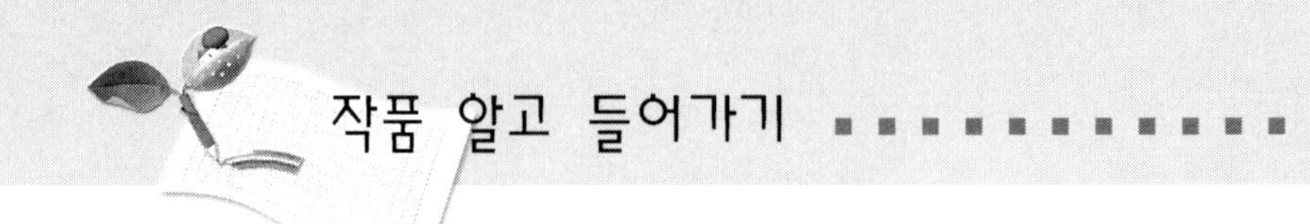

작품 알고 들어가기

《홍부전》은 우리의 대표적인 고전 소설로서, 《춘향전》이나 《심청전》과 같이 판소리 계열에 속하는 소설이지요. 조선 시대에 쓰여졌는데, 정확한 연대와 작자를 알 수 없는 작품입니다. 설화와 판소리 등의 과정을 거쳐 정착된 것으로, '연의 각', '흥부가', '홍부전', '박홍부전', '박타령' 등으로 불려질 만큼 이본(異本)도 많고 제목도 다양합니다. 그리고 1912년에는 이해조에 의하여 《연의 각》이라는 신소설로 개작되기도 하였습니다.

고전 소설 《홍부전》은 설화, 판소리를 거쳐 정착되기까지 여러 세대에 걸쳐 내용을 덧붙이거나 바꾸면서 만들어진 민족의 창작물입니다. 이 때문에 우리의 정서가 듬뿍 담겨져 있다고 할 수 있습니다. 우리가 읽는 《홍부전》은 조선 후기 서민 사회의 다양한 사람들에 의하여 형성된 것으로, 당시 사회의 다양한 모습을 엿볼 수 있습니다. 특히, 작품을 생성시키고 주로 읽고 누렸던 서민

계층의 의식이 잘 나타나 있습니다.

따라서, '흥부가 나중에 행운을 얻고 놀부가 몰락하는 결론에 나타난 당시 서민들의 심정은 무엇일까?' 라는 의문을 가지면서 《흥부전》을 다시 읽어 나간다면 이 작품 속에서 더 많은 의미를 발견할 수 있을 겁니다.

《흥부전》의 큰 매력은 바로 흥부와 놀부라는 대립적이면서도 개성이 강한 두 주인공에 있다고 할 수 있지요. 작품에서 실감나게 묘사되는 두 주인공의 성격과 삶의 자세를 자세히 살펴보고, 흥부와 놀부를 자신의 관점에서 평가해 보는 것도 좋을 겁니다.

《흥부전》을 읽다 보면 웃음이 떠나지 않을 만큼 재미있는 표현도 많고 해학적인 요소나 풍자적인 요소가 드러나고 있습니다. 흥부네 가난이 어떻게 묘사되고 있는지, 또 놀부의 몰락 과정은 어떻게 표현되고 있는지 생각하면서 읽어 봅시다.

흥부전

우리 나라는 옛날부터 군자의 나라요, 예의를 아는 나라이다. 작은 열읍(列邑)[1]에도 충신이 있고, 일곱 살 어린이도 효제(孝悌)[2]를 일삼으니, 무슨 불량한 사람이 있을까마는, 요(堯)임금 때에도 도척이란 큰 도둑이 있었으며, 순(舜) 임금 세상에도 네 사람의 악인이 있었으니, 아마도 한 가지 나쁜 기운은 어찌 할 수가 있겠는가.

형제는 모름지기 오륜의 하나요, 한 몸을 쪼갠 터이라. 그러므로 부귀와 영화를 함께 한다. 그런데 어떤 형제가 우애가 있고 어

1) 여러 고을.
2) 부모에 대한 효도, 형제끼리의 우애.

떤 형제가 우애를 저버리는가?

충청, 전라, 경상 3도 어름에 박씨 성을 가진 두 사람이 있었으니, 놀부는 형이요 흥부는 아우인데, 같은 부모 소생이지만, 성정(性情)[3]이 아주 달라 서로 사이가 좋지 못하였다.

흥부는 마음이 착하여 효행이 지극하고 동기간에 우애 독실하되 놀부는 오장이 달라 부모께 불효, 동기간에 우애 없이 마음 쓰는 것이 괴상하였다.

놀부의 심술을 보자면 다른 사람은 모두 오장육부를 가지고 있지만 놀부만은 오장칠부였다.

심술보 하나가 왼편 갈비 밑에 병부 주머니를 찬 듯 밖에서 보아도 알기 쉽게 달려 있어, 심사는 말할 것도 없고, 야단스럽게 나오는데 꼭 이렇게 나오는 것이었다.

술 먹고 싸움 잘하기, 초상 난 데 춤추기, 불난 데 부채질하기, 남의 집 빼앗기, 늙은 영감 덜미잡기, 아이 밴 여자 배 차기, 우물 밑에 똥 누기, 올벼 논에 물 터놓기, 잦힌 밥에 흙 퍼붓기, 패는 곡식 이삭 빼기, 논목에 구멍 뚫기, 호박에 말뚝 박기, 꼽사등 엎어놓고 밟아주기, 똥 누는 놈 주저앉히기, 앉은뱅이 턱살치기, 옹기장사 작대치기, 잠자는 내외에게 소리 지르기, 수절 과부 겁탈하기, 통혼에 방해하기, 만경창파 배밑 뚫기, 닫는 말에 앞발차

3) 성질과 심정, 타고난 본성.

기, 목욕하는 데 흙 뿌리기, 면종난 놈 쥐어박기, 눈 앓는 놈 고춧가루 넣기, 이 앓는 놈 뺨치기, 다 된 흥정 해방놓기, 남의 집 제사에 닭 울리기, 큰길에 허방 파기, 비 오는 날에 장독 열기.

이 놈의 심사가 이러하니, 모과나무처럼 뒤틀리고 동풍 안개 속에 수숫잎처럼 꼬인 놈이 흉악한 심사 터무니없어 그 심사를 헤아릴 수 없었다.

그러나 흥부의 마음씨는 자기 형과 아주 달라, 부모에게 효도하고, 어른에게 존경하며, 이웃간에 화목하고, 친구에게 믿음이 있어, 굶어서 죽을 사람 먹던 밥을 덜어 주고, 얼어서 병든 사람 입었던 옷 벗어 주기, 노인이 짊어진 짐 자청하여 져다 주고, 장마 때 큰 물가에 삯 안 받고 건네 주기, 남의 집에 불이 나면 세간살이 지켜 주고, 길에 보물이 빠졌으면 지켜 섰다 임자 주기, 청산에서 백골을 보면 깊이 파고 묻어 주며, 수절 과부 보쌈하면 쫓아가서 빼어 놓기, 어진 사람 모함하면 대신 나서서 변명하고, 불쌍한 사람의 횡액(橫厄)[1]을 보면 달려들어 구원하기, 길 잃은 어린아이는 저의 부모 찾아 주고, 주막에 병든 사람 본집에 기별 전하기, 막 깨어난 벌레를 죽이지 않고 자라는 초목을 꺾지 않으며, 남의 일만 하느라고 한 푼 돈도 벌지 못 하니 놀부가 오죽 미워하겠는가.

1) 뜻밖에 당하게 되는 재액.

하루는 놀부가 흥부 불러 하는 말이,

"형제라 하는 것은 어려서는 같이 살지만 가정을 이룬 후에는 분가하여 사는 것이 떳떳한 법이니, 너는 처자를 데리고 나가 살아라."

하고 하루에도 열두 때 구박이 심하니 견딜 수 없었다.

가련한 흥부 지성으로 비는 말이,

"제발 빕니다. 형님 전에 빕니다. 형제는 한몸이라 한 조각을 베어 내면 둘 다 병신 될 것이니, 그 수모를 어찌하리. 동생 신세는 고사하고, 젊은 아내와 어린 자식은 뉘 집에 가서 의탁하며, 무엇을 하여 먹여 살리겠소. 당나라 장공예는 아홉 세대가 함께 살았다 하는데, 아우 하나 있는 것을 나가라 하십니까. 할미새는 짐승이지만 벗 사이의 정이 두텁고, 상체는 한갓 꽃이지만 즐겁게 사귀는 깊은 정을 품었으니 형님 어찌 모르십니까. 오륜의 뜻을 생각하여 십분 통촉하십시오."

놀부가 분이 나서 그런 야단이 없었다.

"아버님 계실 적에 나는 죽도록 일만 시키고서 작은 아들 사랑스럽다고 글공부시키더니, 너 매우 유식하구나. 당 태종은 성주(聖主)[2]였지만 천하를 다투어서 그 동생을 죽였으며, 조비는 영웅이나 재주를 시기하여 그 아우를 죽였으니, 나 같은 초야 농부

2) 인덕(仁德)이 뛰어난 임금.

가 우애지정(友愛之情)[1]을 알겠느냐."

하고 구박하여 문 밖으로 쫓아내니, 흥부 신세 가련하다. 입도 뻥끗 못하고서 빈손으로 쫓겨나니 광대(廣大)한[2] 이 천지에 집 없는 손(客)이 되었구나.

흥부 하는 수 없이 불쌍한 처자를 데리고 나와 정처 없이 길을 나섰다. 불쌍한 흥부댁은 부자집 며느리로 시집 와서 언제 먼 길을 걸어 보았겠나. 어린 자식 업고 안고 울며불며 따라갈 제 아무리 시장하나 밥 줄 사람 어디 있으며, 밤이 점점 깊어 간들 잠잘 집이 어디 있나. 저물도록 빡빡 굶고 풀밭에서 자고 나니 죽을 밖에 수가 없어 염치가 차차 없어 갔다.

이곳 저곳 빌어먹어 한두 달 지나가니 발바닥이 딴딴하여 부르트는 일이 아예 없고, 낯가죽이 두터워서 부끄러움이 하나도 없어졌다.

하루는 이 식구가 양다리 쭉 늘어앉아 헌 옷의 이를 잡을 때 흥부가 하는 말이,

"우리 신세가 이렇게 되어 이왕 빌어먹을 테면 전곡(田穀)[3]이 많은 데로 가 볼 밖에 수가 없으니 포구(浦口)[4]를 찾아가세."

1) 형제간의 사랑.
2) 크고 넓은.
3) 밭곡식.
4) 배가 드나드는 어귀. 항구보다 규모가 작음.

일 원산, 이 강경, 삼 포주, 사 법성리, 낙안 부원다리, 부안 줄내 근방을 다 찾아다녀 보니 비린내에 속 뒤집혀 암만 해도 살 수 없다. 산중으로 다녀 볼까, 우복동 수인섬과 청학동 백학동, 두류산, 속리산, 순창 복흥 태인 산내, 한다는 좋은 데를 다 찾아다녀 봐도 소금 없어 살 수가 없다.

고향 근처 도로 와서 한 곳에 이르니 촌 이름은 복덕(福德)이요 인심이 순후(淳厚)한데, 빈 집 한 칸 서 있어서 잠시 살림을 살아 보니, 집꼴이 말이 아니어서, 집 마루에 이슬 오면 천정에 큰 빗방울, 부엌에 불을 때면 방 안은 굴뚝이요, 흙 떨어진 욋대 구멍에 바람은 살 쏘듯 하였다. 틀만 남은 헌 문짝에 공석으로 창호하고, 방에 반듯 드러누워 천정을 올려다 보면 개천도를 부친 듯이 이십팔수 세어 보고, 일하고 곤한 잠에 기지개를 불끈 켜면 상투는 허물없이 앞 마당으로 쑥 나가고, 발목은 어느 사이에 뒤뜰에 가 놓였다. 밥을 하도 자주 안 하니 아궁이의 풀을 뽑으면 한 마지기 못자리는 넉넉히 할 만하였다.

이런 와중에도 흥부네는 자식이 해마다 태어나, 어린 자식 젖 달라 자란 자식 밥 달라 하니, 차마 서러워 못 살겠구나.

흥부 마누라가 견디다 못하여 가난 타령을 하는디,

"가난이야 가난이야 만고(萬古)[5]에 있는 가난이야. 아무리 헤

5) 오랜 옛적.

아려도 이보다 더한 가난은 다시 없네. 찢어지게 가난한 도정절의 가난도 내 집에 비하면 대궐이요, 삼순구식(三旬九食)[1]이란 정관문의 가난하기도 내게 대면 부자로다. 제나라 오릉중자가 굶주렸으나 오얏은 얻어먹고, 한나라 소중랑은 굶을 때에 방석 털을 삼켰다하나, 오얏을 어찌 보며 방석이 어디 있나. 선산을 잘못 써서 이러한가. 파묘(破墓)[2]나 하자 해도 종손이 말릴 것이고, 귀신이 저희 하는 점이나 하자고 해도 쌀 한 줌이 없으니 복채를 낼 수가 있나. 애고애고 서러운지고. 기한이 이러하니 불고염치(不顧廉恥)[3] 절로 되네.

"여보시오 아기 아버지, 형님댁에 건너가서 전곡간에 얻어다가 굶은 자식 살려 냅시다."

흥부가 걱정하여,

"형님댁에 건너가서 애절히 사정하여 돈이 되나 쌀이 되나 주시면 좋거니와, 어려운 그 성정에 만일 안 주시고, 호령만 하시면 근래 같은 세상 인심에 형님 실덕(失德)[4]이 될 터이니, 아니 가는 편이 옳으이."

"주시고 안 주시기는 처분에 계시오니 청하다가 못 되면은 한

1) 서른 날에 아홉 끼니밖에 못 먹는다는 뜻으로 몹시 가난한 상태.
2) 옮기거나 고쳐 묻기 위하여 무덤을 파내는 것.
3) 염치를 돌아보지 않음.
4) 덕망을 잃는 것. 또는 그러한 행실.

이나 없을 테니, 수인사대천명(修人事待天命)[5]이라고 길을 두고 뫼로 갈까. 되든지 안 되든지 허사(虛事)[6] 삼아 가보시오."

흥부가 아내와 자식들의 성화에 못 이겨 하는 수 없이 초라한 치장을 차리고 형님 댁에 찾아간다. 모자 터진 헌 갓에다 철대를 실로 감아 노갓끈을 달아 쓰고, 관자 떤 헌 망건을 물렛줄로 얽어 쓰고, 깃만 남은 베 중치막 열두 도막 이은 실띠로 시장찮게 졸라 매고, 헐고 헌 고의적삼 살점이 울긋불긋 목만 남은 길버선에 짚대님이 별조(別調)였다. 구멍 뚫린 나막신을 두 발에 잘잘 끌고, 꼭 얻어 올 양으로 큼직한 구럭을 평양 가는 어둥이처럼 관뼈 위에 짊어지고 벌벌 떨며 건너갈 제, 저 혼자 혀를 차며 탄식하여,

"아무리 생각해도 되리란 말이 안 나온다. 모진 목숨 죽지 않고 이 고생을 하는구나."

형의 문 앞에 당도하니 그새 위세가 더 늘어서 가사(家事)[7]가 아주 웅장하였다. 30여 칸 줄행랑을 일자로 지었는데, 한가운데 솟을대문이 날아갈 듯하고, 대문 안에 중문이요 중문 안에 벽문이 늘어섰다. 건장한 종놈들이 삼삼오오 짝을 지어 쇠털 벙치 청창의(靑氅衣)[8]를 입고 문마다 서 있는데 그 중에 늙은 종놈이 홍

5) 사람의 힘으로 할 수 있는 일은 다하고, 그 후에 하늘의 지시를 기다림.
6) 쓸모 없는 일.
7) 살림을 꾸려 나가는 일.
8) 조선 시대에 사대부와 서민층에서 입던 길이가 긴 푸른 상의 겉옷.

부를 알아 보았다. 깜짝 놀라 절을 하며, 손을 잡고 눈물 흘리며,

"서방님, 어디 가서 저 모습이 웬일입니까. 수직방에 들어앉아 몸이나 조금 녹이십시다."

하고 방으로 들어가서 담배를 붙여 주며,

"서방님이 저리 될 때에야 아씨야 오죽하며, 그 사이에 아기네는 몇 분이나 더 나시고, 어이하여 저 꼴이 되셨소? 서방님 나가실 때 우리들 공론이 군자 같은 그 심덕(心德)[1]이 어데 가면 못살겠나, 어디를 가도 부자되지. 그럴 줄만 알았더니 세상이 공도 없지요."

혀를 끌끌 차며 화로의 불을 뒤집어 가까이 놓아주니, 흥부가 불 쪼이고 눈물을 흘리면서 목 메인 소리로,

"복 없으면 할 수 없데. 아들은 스물 다섯. 아씨 말도 할 말 있나. 내 차리고 온 의복은 게다 대면 장가길이지. 이 식구 스물 일곱, 딱 죽게 되었기에 형님께 말씀드려 뭐 좀 얻어 가자 왔네마는 다들 편안하시옵고 성정 조금 풀리셨는지."

"일생 태평하시옵고, 그 성정 말씀이야 서방님 계실 때보다 몇 배나 더 독하지요. 두 말씀 할 수 있어요. 이번의 제사 때에도 음식 장만도 아니 하고, 대전(代錢)[2]으로 놓았다가 도로 쏟아 내옵

1) 너그럽고 착한 마음의 덕.
2) 제삿상에 놓는 돈.

는데, 지난 달 대감 제사에 놓았던 돈 한 푼이 젯상 밑에 빠졌든지 몇 사람이 죽을 뻔하였어요. 이번엔 또 걱정되어 싸돈으로 아니 놓고 꿰미 채 놓았습죠."

흥부가 방에 앉아 담배 피고 불 쪼이니, 몸이 조금 녹았다가 이 말을 들어 보니 등어리가 선듯선듯 찬물을 끼얹고, 가슴이 두근두근 쥐덫이 내려지고, 머리끝이 쭈뼛쭈뼛하여 하늘로 올라가서, 온몸을 벌렁벌렁 떨면서 하는 말이,

"거기 들어가지 말고 바로 가는 수가 옳지. 이럴 줄 미리 알고 아예 아니 오잤더니, 아씨에게 못 견디어 부득이 왔네그려."

그 종이 하는 말이,

"이 추위에 저 꼴을 하고 예까지 오셨다가 못 얻으면 그만이지, 무슨 탈이 있겠어요. 어서 들어가 보시오."

"전일에 계시던 방, 그저 거기 계신가?"

"아니오. 그 방 옆에 꽃계단을 꾸며 놓고 꽃계단 앞 굽은 길에 대리석이 깔렸으니, 그리 휘돌아 가면 외밀이 쌍창 열고, 화류틀 만자영창 양편 거울 붙인 방에 비슥 누워 계시옵니다."

"같이 가서 가르치소."

"아니오. 못하지요. 그런 위태한 일을, 만일 아차 하게 되면 날더러 데려왔다고 둘이 다 탈이오니 혼자 들어가 보시오."

흥부가 할 수 없어 이를 꽉 아득 물고 팔장을 되게 끼고 죽을판 살판으로 가만가만 자주 걸어 초당 앞에 이르니, 과연 놀부가 영

창문을 반만 열고 검은 담비모피 두루마기 우단 왜단 무겁다고 양색단의를 하고 청모관을 빗겨 쓰고, 색 좋은 백동 오동 수복 부산장인 맞춤 담뱃대에 팔장생 별각죽을 기장 길게 맞추어서, 양담배 피워 입에 물고, 안석에 비슥 누웠구나.

홍부가 아주 죽기로 각오하고 툇마루에 올라서서 극진히 절을 하고 떨며 눈물을 흘리며,

“떠나온 지 여러 해인데 안녕하옵신지.”

놀부가 한 손으로 안석 짚고 배 앓는 말이 머리 들듯 비슥이 들어 보이며 한 어미 배로 나와 함께 커서 장가들고, 자식 낳고 함께 살다 쫓아낸 동생이니, 아무리 오래 되고 형용이 변하였다고 모를 리가 있을까마는, 우애 없는 사람이라 아주 모르는 체하여,

“뉘신지요?”

홍부는 정말 모르고 묻는 줄로 알았구나. 집 나가던 때까지 고하여,

“갑술년에 나간 홍부요.”

놀부가 무수히 곱씹으며 의심 내어,

“홍부, 홍부, 일년 새경 먼저 받고 모 심을 때 도망한 놈, 그놈은 황부렸다. 쟁기질 보냈더니 소 가지고 도망한 놈, 그놈은 흉부렸다. 홍부, 홍부, 암만해도 기억하지 못하겠소.”

홍부가 생각 있는 사람이면 수작이 이러하니 무슨 일이 될 것인가, 썩 일어서 나왔으면 아무 탈이 없을 것인데 저 농판 순박한

마음에 참 모르고 그러하니, 자세히 이르면 무엇을 줄줄 알고, 본사(本事)[1]를 다 고하여,

"동부동모 친형제로 이름자 항렬하여 형님 함자 놀 자(字) 부 자(字) 아우 이름 흥부라 하는 것을 그렇게 잊으셨소?"

놀부가 생각하니 다시 의뭉[2]을 피우자 해도 흥부의 하는 말이 밤 까놓듯 하였으니, 의뭉집이 없어졌구나. 맞설 밖에 수가 없어,

"그래서 동부동모나 이부이모나 친 형제나 때린 형제나 어찌 왔나?"

원판 미련키는 흥부 같은 사람이 없어 얻으러 왔단 말을 그 말 끝에 할 것인가. 엔간한 제 구변으로 놀부 감동시키려고, 목소리를 쉽게 하고 눈물을 훌쩍이며 고픈 배를 틀어쥐고 애절하게 빌어 본다.

"형님 나를 내보내기는 미워함이 아니시라, 형님 덕에 무위도식하는 사람 될 수 없었으니 각 살이로 고생하면 행여나 사람이 될까 생각하여 하셨으니, 그 뜻을 어찌 모르겠습니까."

놀부가 저를 추켜 주는 말은 아주 좋아하는 사람이라 그 말에는 썩 대답하기를,

"아무려믄."

"형님댁을 떠나올 때 부부가 손목을 서로 잡고 언약을 하옵기

1) 근본이 되는 일.
2) 겉으로는 어리석은 것처럼 보이면서 속으로는 엉큼한 것.

를, 밤낮으로 놀지 말고 착실히 품을 팔아 돈 관이나 모으거든 흰 떡 치고 찰떡 치고 영계 삶아 우에 얹어 내 등에 짊어지고, 찹쌀 청주 웃국 질러 병에 넣어 잔에 들고, 형님댁에 둘이 가서 형님 부부 잡숩는 것을 기어이 보고 오세."

놀부가 음식 말을 듣더니 침을 삼키며 추어 말하기를,

"그렇지."

"단단히 약속하였더니, 어찌 그리 복이 없어 밤낮으로 벌어도 돈 한 푼을 못 모으고, 원치 않는 자식들은 아들이 스물 다섯. 식구가 이러하니 아무런들 할 수 있어야지요. 빌어먹는 것도 하루 이틀, 다시는 빌 데 없고, 굶은 지도 오래되니 더 굶으면 죽겠기에, 형님 찾아 왔사오니 전곡간에 쌓인 곡식 조금만 나눠주소."

놀부가 뒤로 물러나 앉으며 군소리하기를,

"너도 염치없는 놈이로다. 내 말을 들어봐라. 하늘이 녹이 없는 사람은 내지 않고, 땅이 이름 없는 풀을 내지 않거니와 저 먹을 것은 자연 타고 나왔느니라. 너는 어찌하여 복이 없어 날만 이리 보채는가. 꼴도 보기 싫다. 썩 나가거라."

흥부 두 손을 비비면서 엎드려 하는 말이,

"아무리 그러하실지라도 죽는 동생 살려 주오."

놀부 화를 버럭 내며 마당쇠를 불러다가 도끼자루 묶음을 내다 놓고 손에 닿는 대로 골라잡더니 달려들어 흥부 뒤꼭지를 잔뜩 움켜쥐고 몽둥이로 사정없이 치는데, 마치 손잰 중이 비질하듯 상좌중이 법고치듯 아주 탕탕 때린다.

"하늘이 사람을 낼 때 제 정한 복이 각기 있어, 잘난 놈은 부자 되고, 못난 놈은 가난한 법이니 내가 이리 잘 사는 것이 네 복을 뺏었느냐. 누구에게다가 떼쓰자고 이 흉년에 곡식 주쇼! 목안으로 소리하며 눈물 방울 흩뿌리면 네 잔꾀에 내가 속을 줄 아느냐. 조금만 지체하였다가는 잔뼈도 찾지 못 할 테니 어서 썩 나가거라."

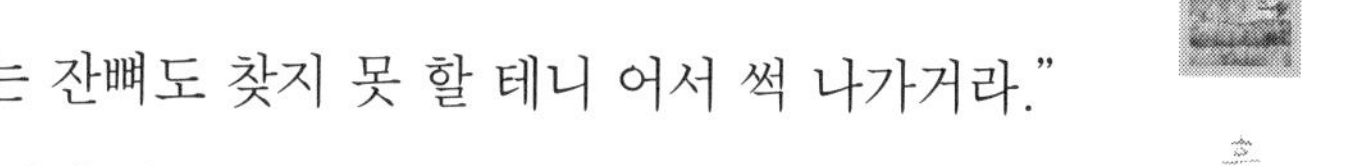

몽둥이를 또 둘러메니 불쌍한 저 흥부가 제 형의 성정을 아는구나. 눈물 씻고 절을 하며,

"정말 잘못 하였으니 너무 노여워 마옵시고 평안히 계시옵소서. 동생은 가옵니다."

"이놈, 내 눈앞에 다시는 뵈지 마라."

하고 문을 벼락같이 닫고 내쫓는다. 이때 놀부 아내가 마침 솥에서 밥을 푸고 있는지라, 흥부 매맞은 것은 고사하고 여러 날 굶은 창자에 밥 냄새를 맡으니 오장이 뒤집혀,

"아이고 형수님, 밥 한 술만 주시오. 이 동생 좀 살려 주오."

하며 부엌으로 뛰어 들어가니, 이 여인 또한 남편 못지 않은 지라 와락 돌아서며 하는 말이,

"남녀가 유별한데 어디를 들어오노."

하며 푸던 밥주걱으로 흥부의 마른 뺨을 지끈 때렸다. 흥부가 뺨을 한 번 맞으니 두 눈에 불이 화끈하며 정신이 아찔하다. 아픈 뺨을 만져 보니 밥이 볼따귀에 붙었는지라 입으로 쓸어 넣으며

하는 말이,

"형수님, 빰을 쳐도 먹여 가며 치시니 고마운 말을 어찌 다 하오리까. 수고스럽지만 이 빰마저 쳐주시오. 밥 많이 붙은 주걱으로요. 그 밥 갖다 아이들 구경이나 시키지요."

이때 흥부 아내 우는 아이 젖 물리고 큰 아이 달래면서 흥부 오기를 칠 년 가뭄에 큰 비 기다리듯, 구 년 홍수에 볕발 기다리듯 서너끼 굶은 자식들과 흥부 오기만 기다린다.

스물 다섯 되는 자식, 다른 사람 자식 낳듯 한 배에 하나 낳아, 삼사 세 된 연후에 낳고낳고 하여서야 사십이 못 다 되어 어찌 그리 많이 낳겠는가. 한 해에 한 배씩, 한 배에 두셋씩 대고 낳아 놓았구나. 그리해도 아이들은 칠칠일을 지나면 안기도 하여 보고, 백일이 지나면 업기도 하여 보고, 첫돌이 지나면 손잡고 걸어 보고, 서너 해 지나면 의복 입고 다녔어야 다리에 골이 오르고 몸이 활발할 터인데, 이 집 자식 기르는 법은 멍석을 겨를 적에 세 줄로 구멍을 내어, 한 줄에 열 구멍씩 첫 구멍 조그맣고 차차 구멍 크게 하였다. 한 배에 낳은 자식 둘이 되나 셋이 되나 앉혀 보아 앉으면 첫 구멍에 목을 넣고, 하루 몇 때씩을 암죽만 떠 넣으면 불쌍한 이것들이 울어도 앉아 울고, 자도 앉아 자고, 똥오줌 마려우면 멍석 쓴 채로 앉아 누워, 세상에 난 연후에 실오라기 하나라도 몸에 걸쳐 본 일이 없고, 한 번도 문턱 밖에 발 디디어 본 일이 없고, 다른 사람 얼굴 보아 소리 들어본 일이 없고, 그저 앉아 큰 것이라. 때묻은 야윈 낯이 터럭이 거칠거칠 동지 섣달 강아지가 아궁이에 자고 난 듯, 멍석 쓴 채 세고 보면 빼빼 마른 몸뚱이가 짱둥이를 엮어 놓은 듯, 못 먹고 앉아 크니 워낙 무르게 되어 큰 놈들은 스무 살씩, 작은 놈들은 십칠팔 세, 남의 자식 같으면 농사하네 나무하네 한창들 벌련마는, 원 늦되어서 부르는 게 어메, 아베 밥뿐이로구나. 다른 음식 알자 한들 세상에 난 연후에 먹기는 고사하고 보거나 듣거나 하였어야지. 밥 갖다 줄 때가 조금만 지나면 뭇놈이 각청으로,

"어메 밥, 어메 밥."

하는 소리가 비 올 때 방죽의 개구리 소리도 같고, 석양 하늘에 떼매미 소리도 같다. 언제라도 밥 들고 들어가도록,

"어메 밥, 어메 밥."

하는구나.

이 날도 흥부댁이 여러 자식놈들 '어메 밥' 소리에 정신을 못 차려서, 벗은 발에 두 손 불며 동문 밖에 나서 보니 흥부 금방 건너올 제, 지거나 메지도 아니 하고, 빈 손 치고 정신 없이 비틀비틀 오는 거동, 조창배[1] 격졸들이 일천 석 실은 곡식 풍랑에 파선하고 열 번이나 삼 년 체수[2] 고생 겪고 오는 모양. 댓바리 고마

1) 고려 · 조선 시대에 조세로 거둔 곡식을 운반하던 배.
2) 죄가 결정되지 않아 오래 갇혀 있음. 또는 그런 죄수.

마부가 관가 봉물(封物)[1] 싣고 갔다가 백 냥짜리 말 죽이고 주막마다 빌어먹어 빈 채 들고 오는 모양. 경색이 말이 안 되어 흥부댁이 깜짝 놀라 손목을 잡으면서,

"어이 그리 지체하고 어이 그리 심난한가. 오죽이 시장하며 오죽이 춥겠는가."

자세히 살펴보니 쑥 들어간 두 눈가엔 눈물이 그렁그렁. 간신히 살 가리운 고의 뒤폭 툭 미어져 빼빼 마른 볼기짝에 몽둥이 맞은 자리에 구렁이가 감겼는 듯, 흥부 아내 대경(大驚)[2]하여,

"애겨 이게 웬일인가. 저 몹쓸 독한 사람, 굶은 사람 쳤네그려." 하고 가슴 탕탕치며 발 구르니 흥부가 달래기를,

"자네 그게 웬 소린가. 형님댁에 건너가니 형님이 반기시고, 좋은 술 더운 밥을 착실히 먹인 후에 쌀 닷 말 돈 석 냥 썩 내어 주시기에, 쌀 속에 돈을 넣어 오장치에 묶어 지고 땀으로 등을 적시면서 오노라니, 이 너머 깊은 골에 끔찍한 두 사람이 몽둥이 갈라쥐고 솔밭에서 왈칵 나와 볼기짝 때리면서, '이놈 목숨이 크냐 재물이 크냐' 한 번 호통에 정신 놓아, 졌던 짐 벗어 주고 겨우 살아오느라고 서러워서 울었으니 형님 원망은 마시오."

흥부댁이 믿지 않고 손뼉을 딱딱 치며,

1) 시골에서 서울의 벼슬아치에게 선사하여 보내는 물건.
2) 크게 놀라는 모양.

"그렇다고 해도 내가 알고 저렇다고 해도 내가 알지. 몹쓸 양반 몹쓸 양반. 시아재는 몹쓸 양반. 하나 있는 그 동생을 못 본 지가 몇 해인데, 오늘같이 추운 아침 형 보자고 간 동생의 차린 모양을 보면 올벼논에 새 볼 터이오. 의복을 보면 구럭 속에 쇠고기든 듯 얼굴은 부황 채색, 말소리는 기진 함함하니, 여러 해 굶은 것과 조금 하면 죽을 경색을 번연히 알 터인데, 구원하기는 고사하고 저리 몹시 때렸으니 사람이 할 일인가. 애고애고 설운지고. 옛사람의 아우 생각, 구름 보면 낮졸음, 수유꽃을 꺾어 꽂고 한가롭게 즐긴다는데, 우리 집 시아재는 어찌 그리 독살스러운고.

남의 원망 쓸데없지. 모두 다 내 죄로다. 국난에 어진 재상, 가빈(家貧)[3]에 어진 아내 생각하고, 내가 설마 음전[4]하면 불쌍한 우리 가장을 못 먹이고 못 입힐까. 가장은 처복이 없어 내 까닭에 굶거니와 철모르는 자식 정경 더구나 못 보겠네. 짐승은 미물이나 입으로 밥을 물어 자식을 먹여 주며, 추우면 날개 벌려 자식을 덮는 것을 나는 어찌 사람으로 수많은 자식들을 굶기고 벗기는고. 각결의 아내같이 밭이나 매어 볼까. 양홍의 아내같이 물이나 길어 볼까. 직녀성에 빌어서 바느질품을 팔아 볼까. 탁문군의 본을 받아 술장수를 하여 볼까."

3) 집안이 가난한 것.
4) 말이나 행동이 곱고 점잖음.

하니 흥부가 깜짝 놀라,

"자네 그것 웬 소린가. 죽었으면 그저 죽지, 자네 시켜 술 팔겠나? 집안일은 가장이 알아서 할 일이니 내가 가서 품을 팔게 자네는 집에서 채전(菜田)[1]이나 가꾸고, 자식들 길러 내소."

흥부가 품을 팔 제, 매우 부지런히 서둘러 상평하평 김매기, 원산근산 시초 베기, 먹고 닷 돈에 장 서두리, 십리 돈 반에 승교 메기, 새로난 조기 밤짐 지기, 시간 정하고 급주하기, 방 뜯는 데 조역군, 담 쌓는 데 자갈 줍기, 봉산 가서 모품 팔기, 대구영에 약태전, 초상 난 집 부고 전하기, 출상할 때 영정 들기, 공관 되면 상직 자기, 대장간에 풀무 불기, 멋있는 기생 아씨 타관 애부에게 편지 전하기, 부자집 어린 신랑 장가갈 때 기러기를 들고 신랑 앞에 서서 가기, 들병당수 술짐 지기, 초란이 판 나무 놓기 등등.

하지만 아무리 벌어도 시골서는 할 수가 없다. 서울로 올라가서 군칠이 집의 종노릇을 하다가 소주 가마 눌려 놓고 뺨 맞고 쫓겨와서, 대신 매를 맞고 돈을 받는 매품 팔러 병영 갔다가는 차례에 밀려 태장(笞杖)[2] 한 대 못 맞고서 빈 손 쥐고 돌아오니, 흥부 아내가 품을 판다. 오뉴월 밭매기와 구시월 김장하기, 한말 받고 벼 훑기와 입만 먹고 방아 찧기, 삼 삶기, 보(洑) 막기와 물레질, 베

1) 채소를 심은 밭.
2) 매나 곤장으로 볼기를 치는 형벌.

짜기와 머슴의 헌 옷 깁기, 상가에서 빨래하기, 혼인이나 장례집 진 일 하기, 채소밭에 오줌 주기, 소주 곱고 장 달이기, 물방아에 쌀 까부르기, 밀 맷돌 갈 때 제 집어넣기, 보리 갈 때 밑거름 주기, 못자리 때 망풀 뜯기, 아기 낳고 첫 국밥 제 손으로 하여 먹고, 한 때도 쉬지 않고 밤낮으로 벌어도 늘 굶는구나.

흥부댁이 할 수 없어 죽기로 자처하고, 복을 못 타고난 신세 자탄을 진양조[3]로 서글피 울 제, 마음 있는 사람들은 귀에서도 눈물난다.

"애고 애고 설운지고, 복이라 하는 것이 어떻게 하면 잘 타고나는고. 북두칠성님이 마련을 하시는가. 제왕 산신님이 점지를 하시는가. 생년월일 생시 팔자에 매었는가. 묘지 쓰기에 매었는가. 이목구비 오악(五嶽)[4]으로 생기기에 매었는가. 좋은 일을 하고 악을 측은히 여기고 선을 우러러 행하는 마음씨에 매었는가. 어찌하면 잘 사는지 세상에 난 연후에 의롭지 않은 일 아니 하고 밤낮으로 벌어도 서른 날에 아홉 끼니 먹기도 어렵고, 일년 사철 헌 옷이라. 내 몸은 고사하고 가장은 부황나고 자식들은 굶어 죽을 지경을 사람 차마 못 보겠네. 차라리 자결하야 이런 꼴 안 보고 싶구나. 애고애고 설운지고."

3) 판소리 및 산조(散調) 장단의 한 가지. 가장 느린 장단으로 슬픔을 표현할 때 사용.
4) 관상학에서 사람의 이마, 코, 턱, 좌우 광대뼈.

홍부 설운 마음 접고 아내를 달래며 하는 말이,

"여보 마누라, 슬퍼 마오. 가난 구제는 나랏님도 못한다 하니 형님인들 어찌 하시겠소. 우리가 양주(兩主)[1] 팔아 살아갑시다."

홍부와 홍부 아내 이때부터 서로 나서서 품을 팔았다. 방아 찧기, 술집에 술 거르기, 초상난 집 제복 짓기, 대사 치르는 집에 그릇 닦기, 시궁밭에 오줌 치기, 전답 무논 갈기 등 온가지로 다하여도 굶기를 밥먹듯 하여 살 길이 없었다.

하루는 생각다 못해 읍내로 들어가서 나랏곡식 한 섬 꾸어다 먹으리라 마음먹고 관청에 가 보니 이방이 있었다.

"환곡이나 좀 얻어먹자고 왔는데 처분이 어떠할는지요?"
하고 겨우 물었다.

"가난한 백성이 막중한 나랏곡식을 어찌 달라고 하는가? 그런데 혹 매를 맞아 보았소?"

이방이 다시 말하기를,

"환곡을 얻으려 하지 말고 매를 맞으시오. 이 고을 김부자를 어느 놈이 영문(營門)[2]에 없는 사실을 꾸며 송사를 일으켜 김부자를 압송하라는 공문이 있는데, 김부자는 마침 병이 나고 친척도 병이 있어 누구를 대신 보내고자 하여 나를 보고 의논합니다. 김부자

1) 바깥 주인, 안 주인 즉, 부부를 가리키는 말.
2) 감사가 직무를 맡아보는 관아.

대신에 영문에 가서 매를 맞으면 그 값으로 돈 삼십 냥은 예서 환을 내어 줄 터이니 영문에 가서 매를 대신 맞고 옴이 어떠한지요."

가난한 흥부는 이것도 횡재라 여겨 허락하고 이방에게 주선금 닷냥을 먼저 받아 집에 돌아와 아내에게 이 사실을 말하니 아내이 말을 듣고 두 손으로 구들장을 쾅쾅 치면서,

"여보 애아버지, 매 품팔이가 웬 말이오! 남의 죄를 어찌 알고 대신 한단 말이오."

하며 두 눈에서는 두 줄기의 눈물이 주르르 흘러내렸다.

"마누라, 울지만 말고 내 말 좀 들어 보오!"

"듣기 싫어요!"

"매 품팔이도 품팔이의 하나로 생각하면 아무 것도 아니며, 그리고 이방이 감영 사령에게 잘 이야기해서 헐하게 맞도록 해 주겠다니 이보다 더 좋은 벌이가 또 어디 있겠소. 눈 꾹 감고 볼기짝 좀 얻어 맞으면 삼십 냥이 생길 텐데……."

"가지 마오, 제발 내 말대로 가지 마오. 갔다가 매맞아 죽게 되면 뭇초상이 날 터이니 부디 내 말 괄시 마오."

라며 한사코 말린다. 흥부는 하는 수 없이,

"그리하오. 아니 가리다. 짚신이나 삼아 신게 저 건너 김동지네 가서 짚 한 단만 얻어 오리다."

이렇게 속이고 영문으로 올라갈 때 삯말이나 대고 타고 가는 것이 아니라 돈 삼십 냥 한몫 받아 쓸 작정으로 하루 일백칠십 리씩

걸어 며칠만에 영문에 다다랐다. 가보니 청(廳)에는 벌써 편지와 돈 백 냥이 와 있었다. 여러 사람이 흥부의 딱한 사정을 위로하고 있을 제, 청령(聽令)[1] 소리와 함께 이윽고 영이 내리는데, 이번에 나라에 큰 경사가 있어 각 도 각 읍의 죄인 중 살인죄 외에는 일체 놓아 주라는 것이었다. 이에 딱한 흥부는 도리어 낙심 천만이었다.

이 무렵 흥부 아내는 남편이 감영에 갔음을 알고 뒤뜰에다 단을 모시고 정화수를 길어다가 단 위에 올려놓고 빌었다. 그리고 울음으로 신세타령 하던 차에 흥부가 거적문을 열어 젖히고 들어서는 것이었다.

흥부 아내는 매를 맞고 다 죽은 몸으로 돌아올 줄 알았던 흥부가 성하게 돌아오니 매우 기쁘기는 하지만 앞길이 막막할 수밖에 없었다.

이튿날 아침 흥부는 건넛마을 김동지네 집에 찾아가서 짚 한 단 얻어 와야겠다고 사립문을 막 나서려는데, 김부자의 조카가 찾아왔다.

"자네 주린 사람이 영문에 가서 매맞고 왔다니, 그 매를 어찌 맞고 왔나?"

하고 말한다.

1) 명령을 주의 깊게 듣는 것.

"맞았으면 해롭지 않았을 텐데. 못 맞고 왔네그려. 돌아가면 김부자에게 그런 말 좀 꼭 전해주게. 약속했던 삼십 냥은 필요없고 노자조로 얻어 쓴 것은 곧 돌려드리겠다고 말일세."

하고 사립문을 나서서 걷기 시작한다.

"자네 정녕 마음씨만은 착한 사람일세. 나도 어디서 들었네. 무사히 오고야 돈을 달랠 수 있겠나마는, 내가 쓰던 칠팔 냥이 있으니 쌀말이나 사다 먹게. 그리구 그 닷 냥 돈도 갚을 생각 안해도 괜찮으이. 나 건너가네."

하고 김부자 조카는 쌈지에서 여덟 냥을 꺼내 건네 주고 돌아가는 것이었다.

"내가 매 한 대 맞지 아니하고 남의 돈을 공으로 먹으니 염치는 없으나 열흘 굶은 군자 없다고 어찌할 수 있겠는가."

하고는 일변 쌀을 팔고, 반찬 사서 며칠은 살았으나 굶기는 역시 그 턱이었다. 그 후로는 이웃 김동지 집에 가서 짚단을 얻어다가 짚신을 삼아 장에 가서 팔고 그것으로 끼니를 이었으나 그도 한두 번이지 짚인들 매양 얻을 수도 없었다.

흥부는 탄식하고 흥부 아내는 기가 막혀 눈물을 거두기 어려웠다.

이렇게 세월을 보내는데 마침 춘삼월 좋은 계절을 맞이하게 되었다.

삼월 삼일이 닥쳐오니, 소상강의 떼기러기 가노라 하직하고, 강남서 제비 왔노라 하고 나타날 제, 좋은 곳 다 버리고 오락가락

넘놀다가 흥부를 보고 반기면서 지저귀니, 흥부가 제비를 보고 경계하는 말이,

"고당누각(高堂樓閣)[1]도 많건마는 수숫대로 지은 집에 와서 네 집을 지었다가 장마에 만일 무너지면 그 아니 낭패냐. 아무리 짐승일망정 나의 말을 곧이듣고 좋은 집 찾아가 실팍하게 집을 짓고 새끼 치려므나."

이같이 충고해도 제비가 듣지 아니하고 흙을 물어다 집을 짓고 첫배 새끼를 겨우 길러내어 날기 공부에 힘을 쓸 제 날아올랐다 날아내렸다 하면서 서로 사랑하는데, 하루는 큰 구렁이 한 놈이 별안간 달려들어 제비 새끼를 모조리 잡아 먹으니 흥부가 깜짝 놀라 하는 말이,

"흉악한 저 짐승아, 고량(膏粱)[2]도 많건마는 하필 죄 없는 제비 새끼를 잡아먹으니 악착하구나. 자라나서 인간에 해가 없고 옛주인을 찾아오니 제 뜻이 유정한데 제 새끼를 보전치 못하고 일시에 죽으니 어찌 아니 가련하리."

일변 칼을 들어 그 짐승을 잡으려 할 즈음 제비 새끼 한 마리가 허공에서 뚝 떨어져서 피를 흘리며 발을 떠는지라, 흥부가 이를 보고 펄쩍 뛰며 달려들어 두 손으로 고이 잡고 애처로이 제비 새

1) 사방이 탁 트인 상태로 높다랗게 지은 집.
2) 기름지고 살찐 고기.

끼를 바라본다.

부러진 두 다리를 칠산 조기 껍질로 찬찬히 감고, 흥부 아내가 시집올 때 가지고 온 당사실을 급히 찾아내어 주니 흥부는 얼른 받아 제비 새끼의 상한 다리를 곱게곱게 감아매어 찬 이슬에 얹어 두었더니, 하루 지나고 이틀 지나고 이리하여 십여 일이 지나니 상한 다리가 제대로 소생되어 소상강 기러기는 왔노라 인사하고 강남으로 가는 제비는 가노라 하직한다.

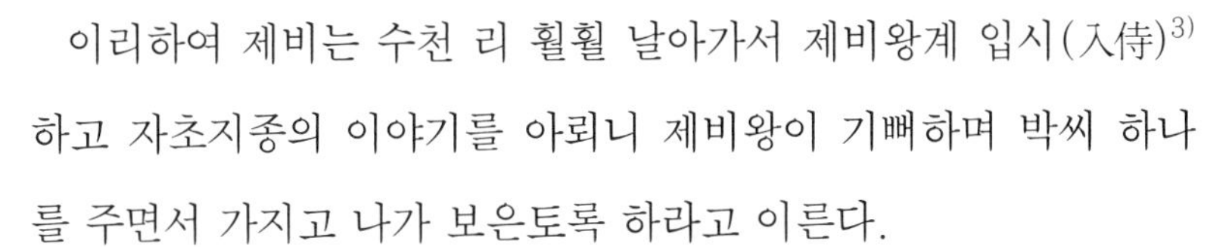

이리하여 제비는 수천 리 훨훨 날아가서 제비왕게 입시(入侍)[3] 하고 자초지종의 이야기를 아뢰니 제비왕이 기뻐하며 박씨 하나를 주면서 가지고 나가 보은토록 하라고 이른다.

제비왕께 하직하고 그 길로 허공 중천에 높이 떠서 박씨를 입에 물고 너울너울 자주자주 바삐 날아 흥부네 집 동리를 찾아들어 너울너울 넘노는 거동은 북해 흑룡이 여의주를 물고 오색 구름 사이로 넘놀 듯, 이리 기웃 저리 기웃 넘노는 거동을 흥부 아내가 먼저 보고 반기며 하는 말이,

"여보 애기 아버지, 작년에 왔던 제비가 입에 무엇을 물고 와서 저토록 넘놀고 있으니 어서 나와 구경하오."

흥부 즉시 나와 보고 이상히 여기는데, 그 제비가 머리 위로 날아들며 입에 물었던 것을 앞에다 떨어뜨리는지라, 얼른 주워 보

3) 대궐에 들어가 임금을 알현하는 일.

니 한 가운데 보은표라 쓰인 박씨더라.

"이리 주소, 어디 보세. 갚을 보(報), 은혜 은(恩), 박 표(瓢), 보은표. 보은은 충청도 땅, 옥천 옆에 그러니까 이 제비 올 적에 공주로 노성으로 은진으로 온 것이 아니라, 보은으로 옥천으로 연산으로 이리 왔나? 여러 고을 지나 오며 어찌 똑 보은 박씨 무엇하자고 물어 왔나. 보은 대추 좋다 하되 박 좋단 말 못 들었네. 그러나 저러나 강남 것일런지 보은 것일런지, 저 먹을 것 아닌 것을 물어온 게 괴이하고, 내 앞에다 떨어뜨리니 더욱이 괴이하니 아무러나 심어 보세."

흙이라도 금으로 알고 돌이라도 옥으로 알고 해(害)라도 복(福)으로 알자고 하면서, 고난의 날을 피하여 동편 울타리 아람터를 닦고 심었더니, 이삼 일에 싹이 나고 다시 사오 일에 순이 뻗어 마디마디 잎이 나고, 줄기마다 꽃이 피고 박 네 통이 열렸으니 대동강 물에 큰 나무배 같이, 종로 인경 같이, 육관대사 법고 같이 동그랗게 달렸다. 흥부는 좋아라 하고 제법 문자를 써 유식하게 하는 말이,

"유월에 꽃이 떨어지니 칠월에 열매 맺는도다. 큰 것은 항아리와 같고 작은 것은 동이만 하니 어찌 아니 기쁠소냐. 여보 애기 어머니, 비단이 한 끼라 하니 한 통을 타서 속은 지져 먹고 바가지는 팔아다가 쌀팔아 밥을 지어 먹어 봅시다."

흥부 아내 하는 말이,

"그 박이 하도 유명하니 하루라도 더 굳혀서 쾌히 견실하거든 따봅시다."

하고 말하였다. 이처럼 의논할 새 팔월 추석을 당하였으나 굶기는 여전한지라, 어린 자식들은 입을 모아 조른다. 이때 흥부 아내가 배가 고파 하는 수 없이 박 한 통을 타서 박속이나 지져 먹자 한다.

동네 도끼 얻어 들고, 집으로 올라 가서 박꼭지는 찍었으나 끌어내릴 수가 없어, 정월 보름 끌던 줄을 당산 나무 감았는데, 그 줄을 풀어다가 박통을 동이고서 흥부는 뒷줄 잡고 처자는 앞줄 당겨 간신히 내려 놓고, 박목수의 큰 톱을 얻어 박통을 켜려는데, 흥부 꼴은 이러하나 속 맛은 담뿍 들어,

"여보소, 아기 어멈. 평지에다 지어도 절은 절이오, 성복술에도 권주가 한다고, 우리의 일년 농사 논을 하는가 밭을 하는가. 모심을 때 상사소리, 밭맬 때 메나리[1] 불러 볼 수 없었으니, 우리는 이 박을 타며 박노래나 하여 보세."

"무슨 노래 사설을 알아야 하지."

"묵은 사설 때 묻으니 박 내력을 가지고서 사설 지어 먹이거든, 자네는 뒤만 맡소."

"그리 합세."

1) 농부들이 논밭에서 일하면서 부르는 민요의 하나. 구슬프고 처량한 음조를 띰.

흥부가 톱질 소리를 먹인다.

"어기여라 톱질이야, 당겨주소 톱질이야, 성인이 풍류질 금, 석, 사, 죽, 포, 토, 혁, 목. 이 박이 아니면 팔음이 어찌 되리."

"어기여라 톱질이야."

"안성 안자 안빈낙도, 이 박이 아니면 일표음을 어찌 하며, 소부의 세상을 피한 높은 절개가 이 박이 아니고야 기산괘의 표주박을 어찌 걸리."

"어기여라 톱질이야."

"군자가 말 없기는 무구포가 아니겠나. 남화경에 있는 박은 크기만하고 쓸 데 없어 아깝도다."

"어기여라 톱질이야."

"인간 대사 혼인할 제 표주박 술잔으로 술 돌리고, 강산의 시주객은 표주박 잔을 들어 서로 권하는 것이라."

"어기여라 톱질이야."

"우리도 이 박을 타서 쌀도 일고 물도 떠서 가지가지 잘 써보세."

"어기여라 톱질이야."

슬근슬근 탁 타 놓으니, 청의(靑衣) 입은 동자 한 쌍이 박통 밖에 썩 나서며,

"이것이 흥부씨 댁이오?"

하니 흥부가 깜짝 놀라 뒤꼭지 탁탁 치며,

"이런 재변 보았는가. 초나라 유자 속에 노인 바둑 둔다더니 박

통 속에 동자가 들다니 천만고에 처음이라. 내 이름을 어찌 알고 무엇 하자고 와서 묻는지. 허참, 이 노릇이 도망이나 할 수 있나. 죽자 원, 내가 흥부다. 이 칡풀밭에 누워서도 진드기 한 마리가 붙을 데 없는 사람을 찾아 무엇 하겠느냐?"

저 동자가 소매에서 대모쟁반을 내놓는데, 병과 접시에 종이봉지가 드문드문 놓였구나. 눈 위에 높이 들어 흥부 앞에 드리면서 절하고 여쭙기를,

"삼신산 열위선관(列位仙官)[1]이 모여 앉아 공론하기를, 흥부씨 지극한 덕화(德化)는 금수까지 미쳤으니 그저 있지 못하리라. 몇 가지 약을 보내시니 백옥병에 넣은 것은 죽는 사람 혼을 불러 돌아오는 환혼주, 밀화 접시에 놓은 것은 소경이 먹으면 눈이 밝는 계안주, 호박 접시에 담은 것은 벙어리가 먹으면 말 잘 하는 개언초, 산호 접시 담은 것은 귀막힌 이 먹으면 귀 열리는 개이용, 설화지로 묶은 것은 아니 죽는 불사약, 금화지로 묶은 것은 아니 늙는 불로초, 가지가지 있삽는데, 약 이름과 쓰는 데를 그 옆에 썼사오니 그리 알아 쓰옵소서. 가다가 동정 용궁에 전할 편지가 있삽기로 총총히 가옵니다."

사흘 굶은 저 흥부가 헛 수인사 한 번 하여,

"저러하신 선동(仙童)이 날같은 사람 보려 하고 그 먼 데서 오

1) 여러 명의 신선들.

셨다가 아무리 소금밥이나 점심 요기해야 하지."

동자가 웃고 대답하기를,

"세상 사람 아니기에 시장하면 구전단, 목 마르면 감로수, 연화식을 못 하오니 염려치 마옵소서."

하고 순식간에 사라져 간 곳을 찾을 길 없다.

흥부가 생각하기를 허술한 집구석에서 선약을 혹 잃을까, 조그마한 오장치에 모두 넣어 꽉 동여서 움막방 들보 위에 씨나락 모양으로 단단이 얹었구나. 동자를 보낸 후에,

"어허, 괴이하다."

박짝 속을 또 굽어보니 목물(木物)[1] 들이 놓였는데, 하나는 반닫이 농만하고, 하나는 벼루집만한데 주홍 왜칠 곱게 하고, 용 · 거북 자물쇠를 단단히 채고서 초록 당사 벌매듭에 열쇠 달아 옆에 걸고 둘 모두 뚜껑 위에 황금 정자 쓰였는데 '박흥부 개탁' 이라.

흥부 이를 보고 장담하기를,

"내가 비록 산중에 사나 이름은 멀리 났지. 봉래산 선동들도 내 이름을 부르더니 목물 위에 또 썼구나."

둘 다 열고 보니 하나는 쌀이 가득, 하나는 돈이 가득. 부어내어 되고 세니 동서방 상생수로 쌀은 서 말 여덟 되, 돈은 넉 냥 아홉 돈, 온 집안이 크게 기뻐하여 그 쌀로 밥을 짓고, 그 돈으로

1) 나무로 만든 온갖 물건.

반찬을 사서 바로 먹기로 드는데, 흥부의 마누라가 살림살이 약게 하나 양식 두고 먹은 일이 있나. 부자 아씨 같으면 식구가 스물 일곱, 모두 칠홉 낼지라도 이칠이 십사, 칠칠은 사십구, 말 여덟 되 구홉이니 채워 두 말 하였으면 오죽 푼푼하련마는, 평생 양식 부족하여 생긴 대로 다 먹는다. 부부가 품 판 삯을 양식으로 받아 오나 돈으로 받아 오나 한 돈어치 팔아 오나 두 돈어치 서 돈어치 판대로 하여도 모자라기만 하였기로, 서 말 여덟 되를 생긴 대로 다 할 적에 솥이 적어 할 수 있나. 쇠물솥 그 중 큰 집 찾아가서 밥을 짓고, 넉 냥 아홉 돈을 쇠고기를 모두 사서 반찬을 하려 할 제, 식칼 도마가 어디 있나. 여러 자식놈들이 고기를 붙들고서 낫으로 자를 적에 고기 결을 알 수 있나. 가로 잘라 놓은 모양 서까래 머리 잘라 놓은 듯, 기둥밑 잘라 놓은 듯, 건개와 양념들도 별로 수가 많지 않아 소금 뿌리고 맹물 쳐서 토정에 삶아 내고, 그릇 없어 밥 푸겠나. 씻지도 않은 쇠죽통에 밥 두 통을 퍼다 놓고, 숟가락은 근본 없고 있더라도 찾겠는가, 여러 해 물기 안 한 손물통 가에 늘어 앉아 서로 주워 먹을 적에, 이 여러 자식들이 노상 밥이 부족하여 서로 뺏어 먹었구나. 그리 많은 밥이지만 큰놈 입에 넣는 것을 작은놈이 뺏어 훔쳐 큰놈도 뺏기고, 서로 집어 먹었으면 싸움 아니 하련만, 악을 쓰며 주먹 쥐어 작은놈 볼통이를 이가 빠지게 찧으면서, 개아들놈 쇠아들놈, 밥통이 엎어지고 살벌이 일어나되, 무지한 저 흥부는 밥 먹기에 윤리

도 잊어버려 자식 몇 놈 뒈져도 살릴 생각 아예 않고, 그 뜨거운 밥인데도 두 손으로 서로 쥐어서 크나큰 밥덩이가 손에서 떨어지면 목구멍을 바로 넘어, 턱도 별로 안 놀리고 어깨춤 눈 번득여 거진 한 말어치 처치를 한 연후에, 왼편 팔 땅에 짚고 두 다리 쭉 뻗치고 오른편 손목으로 뱃가죽을 문지르며 밥더러 농담하기로 들어,

"여봐라 밥아, 내가 하도 시장키에 너를 조금 먹었으나, 네 소위를 생각하면 대면할 것 못 되지. 세상 인심이 간사하여 세력을 따른다 하지만 너같이 심히 하랴. 세도집과 부자집만 기어이 찾아가서 먹다 먹다 못다 먹어 개를 주며 돼지를 주며, 학 두루미 떼 거위를 모두 다 먹이고도 그리해도 많이 남아 쉬네 썩네 야단하며, 나와는 무슨 원수 있어 사흘 나흘 예상 굶어 뱃가죽이 등에 붙고 갈빗대가 따로 나서, 두 눈이 캄캄하고 두 귀가 먹먹하여, 누웠다 일어나면 정신이 어질어질 앉았다 일어서면 다리가 벌렁벌렁 말라죽게 되었어도 찾는 일이 전혀 없고 냄새도 못 맡게 하니, 그런 도리가 있단 말인가. 에라, 이 괴이한 것 그런 법이 없느니라."

아주 한참 준책(峻責)[1] 하더니 도로 슬쩍 달랜다.

"내가 그리한다고 노여워 아니 오려느냐. 어여뻐서 한 말이지 미워 한 말이 아니로다. 친구가 조만 없어 정지후박(情之厚薄)[2]

1) 준엄하게 꾸짖는 것.

매였으니 어찌 서로 이리 늦게 만났는가, 원하기는 떨어지지 말고 지내 보세. 아겨 아겨 내 밥이야, 아겨 아겨 내 밥이야. 옥을 주고 바꿀소냐, 금을 주고 바꿀소냐, 아겨 아겨 내 밥이야."

밥이 더럭더럭 오게 새 정을 붙이려고 이런 야단 없었구나. 밥하고 수작할 제 흥부의 열일곱째 아들놈이 장난을 하느라고 쌀궤를 열어 보고 깜짝 놀라 아비 불러,

"애겨, 아뷔 이것 보오, 이 궤 속에 쌀 또 있네."

흥부가 의심하여,

"그 말이 웬 말이냐? 돈 든 궤를 또 보아라."

"애겨, 돈도 또 들었소."

"어허, 그것 참으로 좋다."

그 많은 자식들이 팔을 바꾸어 종일을 부어내어도 웬 전곡이 어림 짐작도 없다. 자식들은 그 노릇을 하라 하고 뱃심이 든든할 제, 둘째 통을 또 켜는데 늘상 굶던 흥부 신세 뜻밖에 밥 보더니, 아주 밥에 골몰하여 톱질하는 선소리를 밥으로 메기었다.

"어이여라 톱질이야. 좋을씨고, 좋을씨고. 밥 먹으니 좋을씨고. 수인씨의 교인화식(敎人火食)[3] 날 위하여 가르쳤네."

"어기여라 톱질이야."

2) 인정이 후함과 박함.
3) 불에 익힌 음식을 먹는 것.

"강구노인 함포고복(含哺鼓腹)[1] 나만치나 먹었던가."

"어기여라 톱질이야."

"만고에 영웅들도 밥 없으면 살 수 있나. 오자서도 도망할 제 오시에 걸식하고, 한신이 궁곤할 제 표모에게 기식(寄食)[2]이라."

"어기여라, 톱질이야."

"이 박통을 또 타거든 은금보배 내사 싫어, 더럭더럭 밥 나오소."

슬근 슬근 탁 타 놓으니 온갖 보물 다 나온다.

비단으로 볼작시면 천문일사황금방 번듯 돋아 일광단, 능도중 천만국명, 산하영리 월광단, 평치수토 하우공덕, 구주토산 공단, 금성옥진 높은 도덕 공부자의 대단, 진시황 안 무섭네. 입이 바로 모초단, 남궁연 대풍가의 금도천지 한단, 팔 년 간과 지은 죄로 조공 바치던 왜단, 훈금어 삼군무늬 노돌십진 영초단, 나는 짐승 우단, 기는 짐승 모단, 쥐털 모아 짜내니 불에 씻는 화한단, 일조 낭군 이별 후에 숙폐공방 상사단, 계수나무 꺾었으니 낙수청운의 장원주, 가련금야 숙창가, 옥빈홍안 가기주, 팽조와 동방삭이 오래 사는 수주, 만동묘 대보단에 만세불망 명주, 만경창파 바람결에 번듯번듯 낭릉이며, 삼월 방춘 좋을씨고. 숭이숭이 화릉, 성자도 좋을씨고. 세세 초장수 항라, 황국 단풍 구경 가세. 소소금풍

1) 잔뜩 먹고 배를 두드리며 즐김.
2) 남의 집에 묵으면서 밥을 얻어먹고 지냄.

추라, 천간 열을 세어보니 그 중 거수 갑사, 만물지리 무궁하니 천지 대덕 생초, 상풍구월 축장포에 백곡등풍 숙초, 뭉게뭉게 구름무늬, 두리두리 대접무늬, 이견대인 용무늬며, 낙서 짓던 거북무의요, 한수 춘색 포도무늬, 용산축신 국화무늬, 팔작팔작 새발무늬, 투덕투덕 말굽무늬, 북포 · 저포 · 황저포 · 세목 · 중목 · 상목이며, 마포 · 문포 · 갈포 등물 꾸역꾸역 다 나오고, 온갖 보배 다 나온다.

금패 · 호박 · 밀화며, 산호 · 진주 · 청강석 · 유리 · 진옥 · 수만호 · 대모 · 서각 · 고래수염 · 사향 · 용뇌 · 우황이며, 용주 · 한충 · 이궁전이 꾸역꾸역 다 나오고 온갖 쇠가 다 나온다. 황금 · 적금 · 백동이며, 오동 · 주석 · 놋쇠며, 유납구리 · 무쇠 · 시우쇠, 안방 세간 볼짝시면 삼층 · 이층 · 외층장, 오흡 · 삼흡 자드리 상자, 지농 · 목농 · 자개 함농 · 두지장 · 앞닫이 · 흡합경대 · 쌍룡 그린 빗접고비, 바느질 상자 · 반닫이 · 선반 · 횃대 · 장목비 · 큰 병풍 · 작은 병풍 온갖 그림 황홀하고, 핫이불 · 누비이불 각색 비단 좋을씨고. 화문 보료 우단 요와 녹전처네 원앙침을 한데 모두 모아 놓고, 왜단 보로 덮었으며, 왕골 세석 쌍봉화문 홍수주로 꾸몄으며, 지도서로 꾸민 족자, 산호구에 거는 주렴, 방장 · 휘장 · 모기장과 순금반상 · 천은반상 · 놋쇠반상 · 화기반상 · 수저 · 주걱 · 국자며, 밥소래 · 놋동이 · 양푼 · 유할 · 탕기 · 쟁반 · 열구자 · 전골탄과 노기 · 남비 · 대화로며, 대양 · 요강 · 놋광명정 · 촛대 함께 놓았으며, 사랑 세간이 다 나왔다.

문갑 · 책상 · 왜각 계수리 · 필연 · 퇴침 · 찬합 등물, 사서삼경 백가어를 가득가득 담은 책장, 오음 육률 묘한 재미, 가지가지 풍류 기계, 흑각장궁 유엽전을 궁대 전통에 각기 넣고, 조총 · 철편 · 등채 · 환도 · 호반 기계가 좋구나. 금분에 매화 피고 옥황에 붕어 떴다. 요지반도 동정귤을 대모 접시에 담아 놓고, 감로수 천일주를 유리병에 넣었으며, 당판책 보아가다 안경 벗어 거기 놓고, 귤중선 두던 판에 바둑 그저 벌였구나. 풍로에 얹은 차관 불엔 연기가 아직 일어나고, 필통 옆에 노인 부채는 흰 깃이 조촐하다.

질요강 침 타구와 담배 서랍 재떨이며, 오동 빨주리, 천은 수복 호박통, 각색 연통, 수락 · 화락 · 별각죽에 맵시 있게 맞추어서 댓 쌈이나 놓았으며, 부엌 세간, 헛간 기물, 농사 연장, 길쌈 기계, 가지가지 다 나온다. 밥솥 · 국솥 · 대철이며, 가마 · 두멍 · 쇠소댕 · 개수 · 구유 · 살강발과 물항아리 · 뒤웅박이며, 소래 · 시루 · 항아리 · 소반 · 모반 · 채반이며, 대소쿠리 · 나무 함지 · 나무함박 · 솥솔 · 조리 · 쪽박이며, 사기 그릇 · 사푼때기 · 재고무래 · 부지깽이 · 부지땅 · 부엌비며, 공석 · 멍석 · 맷방석 · 짚소쿠리 · 멱서리며, 삿갓 · 뉘역 · 접사리 · 장기 · 따비 · 써레 · 발판 · 쟁이 · 가래 · 호미 · 살포 · 지게 · 도끼 · 낫자루며, 벼훑이 · 갈퀴 · 도리깨 · 물레 · 돌꼇 · 베틀 따른 각색 기계, 빨래 방망이 · 다듬잇돌 · 홍두깨 방망이며, 심지어 뒷간 가래 다른 나무 무겁다고 오동으로 정히 깎아 자주칠 곱게 하여 꾸역꾸역 다 나오니, 이러한 많은 기물 방 좁아 놀 수 없고, 뜰 좁아 쌓을 수 없어, 스물 다섯 자식 중에 둘은 어려 못 시키고, 스물 세 명 데리고서 크나큰 동학에다 비단 따로 포목 따로 철물 따로 목물 따로 보물 따로 기명 따로 환부곡식(還付穀食)[1] 다발짓듯 각기각기 쌓아 놓으니, 적막한 이 산중이 불시에 종로되어, 육주비전 · 공상전과 마상전 · 박물판과 똑같이 되었구나.

흥부 아내가 그 안목에 전후 하나나 본 것이 있나. 그래도 가장네는 서울도 갔다 오고, 병영도 다녀오고, 읍내 장에 다녔으니 매우 박람(博覽)[2]한 줄 알고, 청옥단 통허리를 집어 들고 하는 말이,

"애겨, 그것 장히 좋소. 무명보단 광도 넓으이. 이렇게 긴 바지를 어디서 얻었으며, 짜던 여인네 튼 팔뚝도 길던가 봐. 이편으로 북 던지고 이편에서 제가 받아, 물은 우리 치마물, 청동인지 쪽물인지 청물이 채가 더 곱거든, 짜 가지고 들였을 텐데 반들반들한 데하고 어룽어룽한 데하고 빛이 어찌 같잖으니."

그 껄껄한 두 손으로 비단 무늬를 만지니 오죽이나 붙겠는가.

"애겨, 그것 이상하다. 손가락 아니 놓네."

흥부가 견문이 있어서 수가 터진 사람이면,

1) 국가가 비축했던 곡식을 춘기에 백성에게 꿔주었다가 추수 후 돌려받는 곡식.
2) 사물을 널리 보는 것.

"선전(縇廛)[1]의 시정들도 비단 짤 줄 모른다네, 거 어찌 알 것인가."

쉽게 대답하련마는 여편네에게 졸렬(拙劣)[2]하게 비칠까 하여 본 것처럼 대답하기를,

"비단 짜는 여인네는 팔뚝이 훨씬 길지. 그렇기에 중국서는 며느리 선볼 적에 팔뚝을 먼저 보지. 물은 그게 청동물 청이 곱고 안 곱기는 잿물 넣기에 매였지. 웅얼웅얼한 것들은 물들여 가지고서 갖풀로 붙였기로 손가락이 딱딱 붙지."

흥부댁이 팍 속아서,

"애겨, 그렇거든 우리 부부 평생 한이 의복 없어 한하다가 먼저 통에 밥 나와서 양대로 먹었더니, 다행히 이 통에서 옷감이 하도 많으니 각기 눈에 드는 대로 옷 한 벌씩 하여 입세."

"내 소견도 그러하네. 언제 바빠 옷 짓겠나. 우리의 식구대로 한 필씩 가지고서 위에서 아래까지 우선 휘감아 보세."

"그리할 일이오. 무슨 비단 가지고서 당신부터 감으시오."

"우리가 넉넉하였더면 큰 자식을 장가보내 전가(傳家)[3]를 벌써 하고 건방으로 갈 터이니, 제 방위색 찾아 흑공단을 감으려네."

"나는 무슨 색을 감을까?"

1) 조선 때, 비단을 팔던 가게.
2) 옹졸하여 서투름.
3) 아버지가 아들에게 살림이나 재산을 물려주는 것.

"자네는 곤방 차지 흰 비단을 감을 테지."

"옛소. 백여우 같게, 붉은 비단 감을라네."

"딸이 없으니 아무렇게나 하소."

"큰놈은 막 부득이 진방 차지 청색이오, 그 남은 자식들은 제 소견에 좋은 대로 한 필씩 다 감아라."

흥부댁이 또 말하기를,

"저 두 막내놈은 온필로 감어서는 숨 막혀 죽을 테니, 까치저고리 본보기로 각색 비단 찢어 내어 어깨에서 손목까지 잡아 매어 드리우세 ."

"오, 좋으이. 그리하소."

흑공단을 한 필 빼어, 흥부 먼저 감을 적에, 상투에서 시작하여 뺨과 턱을 휘둘러서 목덜미 감은 후에, 왼 어깨에서 시작하여 손목까지 내려 감고, 도로 감아 올라와서 오른 어깨 손목까지 빈틈없이 감아 올라, 겨드랑이에서 불두덩에 차차 감아 내려와서, 두 다리 갈라 감고 두 발은 발감개하듯 디디고 썩 나서니, 여인네와 자식들은 상투가 없으니까, 머리 동여 시작하여 똑같이 감은 후에 항렬 차례대로 뜰 가운데 늘어서니 흥부 보고 재담하기를,

"이게 어디 호사이냐, 늘어선 조를 보면 큰 마을 당산의 법수도 같고 휘감아 놓은 품은 진상 가는 청대 죽물, 색으로 의논하면 내 것은 까마귀, 아기 어멈 고추잠자리. 큰놈은 쇠색, 여러 놈들은 꾀꼬리, 해오라기 새 한 떼가 늘어선 듯한데 저 두 막내 놈은 비

단 장사 다니는 길에 서낭당 나무로다."

온 집안이 크게 웃고, 흥부가 하는 말이,

"이번 호사를 다하였으니 이 통 하나 마저 탑세."

흥부의 마누라가 박통을 타 갈수록 밥도 나오고 옷도 나오니 마음이 아주 좋아, 이 통을 또 타면 더 좋은 보물이 나올 줄로 속재미가 부쩍 나서,

"이 통 탈 소리는 내 사설로 먹일 테니 집에서는 뒤만 맡소."

흥부가 추어,

"가화만사성(家和萬事成)이라니, 자네 저리 좋아하니 참기물[1] 나오겠네. 어디 보세, 잘 메기소."

흥부댁이 메나리 목으로 제법 메겨,

"여보소 세상 사람, 나의 노래 들어보소. 세상에 좋은 것이 부부밖에 또 있는가."

"어기여라 톱질이야."

"우리 부부 만난 후에 설운 고생 많이 하였네. 여러 날 밥을 굶고 엄동에 옷이 없어 신세를 생각하면 벌써 아니 죽었을까?"

"어기여라 톱질이야."

"가장 하나 못 잊어서 이때까지 살았더니, 천신이 감동하사 박통 속에 옷 밥 났네. 만복 좋은 우리 부부 호의호식(好衣好食)[2]

1) 생활의 도구가 되는 온갖 물건.

즐겨보세."

"어기여라 톱질이야."

"한 상에서 밥을 먹고, 한 방에서 잠을 잘 때, 부자 서방 좋다 하고 욕심낼 년 많으리라. 암캐라도 얼른하면 내 솜씨에 결단나지."

"어기여라 톱질이야."

슬근슬근 탁 타 놓으니, 천만 뜻밖에 미인 하나가 아리따운 맵시를 하고 나오는데, 구름같은 머리털로 낭자를 곱게 하여 쌍용 새김 밀화비녀 느직하게 찔렀으며, 매미 머리, 나비 눈썹, 추파같은 모자, 고운 흑백이 분명하고, 연지 뺨, 앵두 순에 박씨같은 고운 잇속, 삘기같은 두 손길, 버들잎 같은 가는 허리, 응장성식(凝粧盛飾)[3] 금수 의상, 외씨같이 고운 발시, 걸음걸음 나오는 양은 해당화가 조으는 듯, 모란화가 말하는 듯, 쇄옥성으로 묻는 말이,

"흥부씨 댁이오?"

흥부가 깜짝 놀라서,

"이게 하도 괴이하여, 당치 않은 세간살이 그리도 많이 나올 적에 만단 의심하였더니 임자 아씨 오셨구나."

납작 엎드려 절을 하며,

"호 좁은 박통 속에 평안히 오십니까? 이 세간 임자시면 모두

2) 좋은 옷을 입고 좋은 음식을 먹음.
3) 얼굴을 단장하고 옷을 잘 차려입음.

가져 가옵시오. 쌀 서 말 여덟 되와 돈 석 냥 아홉 돈은 한끼 양식 반찬하였삽고, 몸에 감았던 비단까지 도로 풀어 놓았으니, 한 가지 것 속이오면 벗긴 개자식이오."

저 미인 대답하기를,

"놀라지 마옵시고 내 말씀 들으시오. 당 명황 천보간에 머리를 돌려 한 번 웃음에 백 가지 아름다움이 생기니, 여섯 궁중의 후궁들의 분대를 무색케 하던 양귀비를 모르시오? 어양의 북소리 천지를 진동하여 오니 서쪽으로 가옵다가 아름다운 양귀비가 말 앞에서 죽으니, 마외역에 죽은 향혼 천하에 주류하여 임자를 구하더니, 제비 편에 듣사온즉 흥부씨 적선 행인 부자가 되었다니, 천자 서방 나는 싫으이. 육군 분발할 수 없데. 각선 강남의 부가옹 부자의 첩이 되어 봄을 따라 밤을 새며 무궁행락(無窮行樂)[1]하여 보세."

흥부가 저의 가속 흑각 발톱 짧은 다리 이것만 보았다가 이런 일색(一色) 보아 놓으니 오죽이 좋겠는가. 손목을 덤벅 쥐다 깜짝 놀라 턱 놓으며,

"어디 그것 다루겠나, 살이 아니고 우무로다. 저러한 것 한참 좋을 제, 잔득 안고 채었으면 뭉게질 텐데 어찌할까."

서로 보며 농탕치니, 흥부의 마누라가 좋은 보물 나오라고 소리

1) 즐거움이 끝이 없음.

까지 먹인 것이 못 볼 꼴을 보았구나. 부정 탄 손님 같이 불시에 틀려서 손가락을 입에 넣고 고개를 외로 틀고 뒤 돌아 앉으면서,

"저것들 지랄하지. 박통 속에서 나온 세간 뉘 것인 줄 채 모르고 양귀비와 농탕치는고. 당 명황은 천자로되 양귀비에게 정신 놓아 망국을 하였다는데, 박통 세간이 무엇이냐. 나는 열 끼 곧 굶어도 시앗꼴은 못 보겠다. 나는 지금 곧 나가니 양귀비와 잘 살아라."

흥부가 가난하여 계집 손에 얻어 먹어 가장 값을 못 하였으니 호령이나 할 수 있나. 곧 빌기를,

"여보소, 아기 어멈. 이것이 웬일인가. 자네 방에 열흘 자면 첩의 방에 하루 자지. 그렇다고 양귀비가 나같은 사람 보려고 만리 타국 나왔으니 도로 쫓아 보내겠나."

처첩하고 수작할 제, 박통 속이 우근우근 무수한 사람들이 꾸역꾸역 나오는데, 남녀 종이 백여 구, 석수 · 목수 · 와수 · 토수 각색 장인 수백 명이 각기 연장 짊어지고, 돌과 나무, 기와 등물 수레에 싣고, 썰매에 싣고, 소에 싣고, 말에 싣고, 지게로 지고, 떼비로 메고 줄로 끌며, 지레로 밀며, 방아타령, 산타령에 굿 치며 나오는데, 이런 야단이 또 있는가, 마른 담배 서너 댓참을 뚝딱뚝딱 서두르니 기와집 수천 간을 동학이 그득하게 경각에 지어 놓고 모두 다 간 데 없다. 흥부 살살 둘러보니 강남 사람 재주들은 참으로 이상하여 벽 붙인 그 진흙을 어느 겨를에 다 말리어 도배

까지 하였구나.

본채에 본처 두고, 별당에 양귀비요, 안팎 사랑 십여 채며 사면 행랑에 노속(奴屬)[1]이오, 사랑을 굽어보면 좌상에 손님이 가득 차고, 사죽(絲竹)이 낭자하며 시부(詩賦)로 소일하고, 곳간마다 열고 보면 전곡이 가득가득, 남은 곡식 노적하고, 흥부는 심심하면 양귀비 데리고 후원에 화초구경, 옥난간 밝은 달에 둘이 마주 빗겨 앉아 도란도란 얘기하니, 이러한 지상 신선이 어디에 또 있겠는가.

흥부가 졸부되었다는 말이 사면에 퍼져가니, 놀부 듣고 생각하여,

'이놈이 도둑질을 하였나, 갑자기 부자가 되었다 하니 내가 가서 욱대겨 그것 모두 뺏어다가 부익부를 하면 좋되 이 놈이 잘 안 주면 어떻게 처리할 건고. 만일 아니 주걸랑은 흥부가 부자로서 제 형을 박대한다고 몹쓸 아전 뒤를 대어 영문 적어 주고, 사령에게 돈 백 먹여 향중(鄕中)[2]에 알리면 이 놈의 살림살이 단번에 떨어 엎지.'

흥부의 사는 동네를 급히 물어 찾아가니, 집치레도 보던 바 처음이요, 고대광실(高臺廣室)[3] 높은 집에 풍경 소리 쩡쩡하다. 대문을 여럿 지나 안사랑 앞에 이르니, 흥부가 제 형을 보고 버선발

1) 종의 무리.
2) 마을 일동.
3) 굉장히 크고 좋은 집.

로 내려와서 공손히 절을 하고 반기어 하는 말이,

"형님이 오십니까. 어서 올라가사이다."

방으로 들어가서 상좌에 앉힌 후에 흥부가 두 손잡고 고개를 숙이고서 조용히 사죄한다.

"박복한 이 놈 신세가 굶어 죽을 듯 하더니, 선영(先塋)의 음덕(陰德)[4]이며 형님의 덕택으로 부자가 되었기에 자식들을 데리고서 형님 댁에 건너가서 형님을 뵈온 후에 형님을 모시옵고 선산에 성묘하자고 날짜를 받았더니, 형님 먼저 오셨으니 하정(下情)[5]에 황송합니다."

이때 머리는 부엉이 대가리 같고, 수리 눈에 왜가리 주둥이, 맹꽁이 모가지에 욕심과 심술이 더덕더덕 붙은 놀부 심술이 뻗쳐 소리를 벼락같이 지르면서,

"이놈 흥부야! 어찌하여 부자가 되었느냐? 밤이슬을 맞고 다니며 도둑질을 얼마나 많이 하였느냐?"

흥부가 매우 놀라 대답하기를,

"형님, 그 말씀이 웬 말씀이오니까?"

흥부가 제비 살려 박씨를 얻어 부자가 된 내력을 자상히 아뢰니 놀부 이 말 듣고,

4) 조상의 숨은 덕.
5) 자기의 심정을 낮춘 말.

"내가 집에 일 많은데 부득이 나왔더니 어서 가야 하겠구나."

"안으로 들어가서 처자나 보옵시고 무엇 조금 잡수어야 돌아가시는 채비를 하지요."

이렇듯 흥부가 만류하니,

"그러하다면 네 집 구경을 자세히 하자."

놀부가 어서 가서 제비를 청할 터이나 양귀비 구경키로 흥부 따라 들어가니, 이놈이 양귀비 찾느라고 눈을 휘휘 내두르니 제수 먼저 문후(問候)하여,

"아주버님 뵈온 지가 여러 해 되었으니 기체 안녕하십니까?"

놀부놈의 평생 행세로 제수 보기를 종같이 하여 아주머니는 고사하고 하오도 안 하였더니, 오늘은 전과 달라 앉은 방, 차린 의복이 왈칵 띄어 홀대를 하여서는 탈이 정녕 날 듯하고, 경대를 하자 하니 혀가 아니 돌아가서 매운 것 먹은 듯이 입을 불며 얼버무려,

"허, 평안하오."

흥부가 종을 불러,

"도련님네 계시느냐? 들어들 와 뵈오래라."

이것들이 멍석 구멍에 근본 길이 들었구나. 세 줄로 늘어 엎드리어 절하고 꿇어 앉으니 소위 백부되는 놈이,

'모시고들 잘 있더냐?' 하든지 '선영의 음덕이다. 좀들 잘 생겼느냐.' 하든지 할말이 좀 많은데, 저 때려 죽일 놈이 흥부를 돌아보며,

"너 닮은 놈 몇 되느냐?"

흥부 부부 넓은 소견에 개같은 놈 탓하겠는가, 묵묵히 말이 없었다. 자식들 나간 후에 또 종 불러,

"이리 오너라."

이것들이 강남서 나왔기로 아주 열쇠같이 재빠르지.

"예."

"강남 아씨 여쭈어라."

갑자기 미인 하나가 들어오는데, 당 명황 같은 풍류 천자도 정신을 놓았는데, 놀부 같은 상놈 눈에 오죽이나 놀라겠나. 보더니 턱을 채고 일어서 절 받기를 큰 제수에 비하면 갑절이나 공순하다. 양귀비 거동 보소. 옥 같은 손을 땅에 짚고 청산 눈썹 나직하고, 앵두 같은 입술 반쯤 벌리고 옥쟁반에 구슬이 떨어지는 목소리로 문후를 하는데,

"먼 데 살고 천한 몸이 이 댁 문하에 의탁한 지 오래지 않아 처음 문안드립니다."

놀부놈이 제 생전에 처음 보는 미색(美色)이요, 처음 듣는 옥음(玉音)이라, 넉넉잖은 제 언사에 어찌 대답할 수 없고, 떡 들입떠 안고 싶어 정신올 놓았구나. 벌벌 떨며 대답하기를,

"오시는 줄 알았더면 내가 와서 박 타지오."

아이 종이 주안상을 올리는데, 소반 기명의 음식 등은 생전에 못 보던 것이라. 형제가 함께 상을 받고, 종년이 옆에 앉아 술을 연해

권하는데, 놀부가 좋은 술을 십여 배 먹어 놓으니 취중에 광증(狂症)이 나, 참다가 못 견디어 양귀비 고운 손목 썩 들입떠 쥐면서,

"술 한 잔 잡수시오."

다른 계집 같으면 뺨을 치며 욕을 하며 오죽 야단 났겠는가. 안색이 천연하여 좋게 대답하는 말이,

"왜, 내가 물에 빠져요?"

놀부놈이 깜짝 놀라 손목을 썩 놓으며,

"일색(一色)뿐 아니시라 맹자(孟子)도 많이 읽었구나."

양귀비 일어나서 안으로 들어가니, 흥부의 마누라가 그 뒤를 따라 가는구나. 놀부놈이 무안하여 술상을 물리고서 무슨 심사를 부리자고 사면을 살펴보니, 좋은 비단 붉은 보로 이불을 덮었는데, 일어서서 쑥 빼내어 청동 화로 백탄 불에 부비어 던지면서 화를 내어 하는 말이,

"계집년은 내외(內外)[1]하여 안으로 가려니와, 이불도 내외 하나?"

저 비단에 불이 붙더니 재가 되기는커녕, 빛이 더욱 고와갔다.

놀부가 묻기를,

"그게 무슨 비단이냐."

"화한단이오. 불쥐털로 짠 것이라 불에 타면 더 곱지요."

"이애, 그것 날 다고."

1) 외간 남녀 간에 얼굴을 바로 대하지 않고 피함.

"그리 하옵지요."

"또 무엇을 가져갈꼬. 네 그 첫 통 속에 쌀 들고 돈 들었던 궤를 둘 다 주려느냐?"

"부자된 밑천이니, 둘 다 어찌 드리겠어요. 하나씩 나눕시다. 어떤 것 가지시려우?"

"돈 궤를 가질란다."

"그리 하옵시요. 또 무엇이 생각 있소?"

"다 주면 좋건마는 내가 바삐 가야겠기로 그것만 가져가니, 생각나는 대로 다시 와서 가져가지. 내가 번번이 올 수 없으니 기별을 하는 대로 보내어라."

"그리 하오리다."

벼루집 같은 궤를 화한단 보에 싸서 제 손수 옆에 끼고 제 집으로 급히 가서 문 안에 들어서며 종을 불러 하는 말이,

"짚 댓 뭇 급히 취하여, 돈꿰미 한 천 발을 어서어서 꼬와 오라."

안으로 들어가서 제 계집에게 자랑하여,

"여보소, 흥부놈이 참 부자 되었거든. 그 놈의 세간 밑천 내가 여기 뺏어 왔네."

화한단 보를 풀며,

"이것은 불에 타면 더 고운 것이라네."

돈 궤를 내 놓으며,

"이것은 돈이 생겨 부어 내면 또 생기지."

궤문을 열어 놓으니 돈은 난정돈, 몸뚱이는 예전 돈 꿴 듯, 구부려 누운 길이 넉 냥 아홉 돈만한 싯누런 구렁이가 고개를 꼿꼿 들고 긴 혀를 널름널름하였다. 놀부 부부가 크게 놀라 궤문을 급히 닫고 종놈들을 바삐 불러,

"이것을 가져가서 문 열어 보지 말고 짚불에 바로 살라라."

놀부 계집이 말리기를,

"애겨, 그것 태우지 맙소. 인제 그런 흉한 것들이 돈 나는 궤 주었다고 자세하면 어찌하게. 구렁이 쌌던 보를 두어서 무엇하게. 그 보로 도로 싸서 급히 보내시오."

놀부가 추어,

"자네 말이 똑 옳으네."

사환을 급히 시켜 흥부집에 환송하니, 흥부 받아 열고 보니 구렁이는 웬 구렁이, 돈이 하나 가득하지. 제 복이 아니면은 할 수 없는 법이었다.

욕심 많은 놀부놈이 제비를 청하려고 차비를 장만할 제 이런 야단이 없었다. 신 잘 삼는 사람들을 십여 명 골라다가 매일 서 돈 품삯에, 삼시 세 때 먹고 술 담배 착실히 대접하고, 외양간 더그매에 신 삼을 찰벼짚을 여남은 짐 내어 놓고, 제비 쉽게 받도록 수백 개를 밤낮으로 결어내어, 안채 · 사랑 · 행랑이며, 곳간 · 사당 · 뒷간채에 앞뒤 처마 다 지르고, 제 대가리 상투 밑에 풍잠(風簪)[1]을 지른 모양으로 앞뒤로 갈라 꽂고 제비 몰러 나갈 적에, 서리맞은 일

이 월의 꽃보다 붉은 한산의 들길을 올라가고, 눈 개고 구름도 흩어진 북풍이 찬 초나라 오나라 산을 다 찾았지만 제비 소식은 알 수 없다. 놀부가 제비에게 상사병이 달려들어, 길짐승은 쪽제비를 사랑하고, 마른 그릇은 모제비만 사고, 음식은 칼제비 수제비만 하여 먹고, 종이 보면 간제비를 접고, 화가 나면 목제비를 하는구나.

그렁저렁 겨울 지나 정월 이월 삼월 되니, 강남서 오는 제비 각 집을 날아들 제, 신수 불길한 제비 한 쌍이 놀부 집에 들어가니, 놀부가 제비를 보고 집짓기에 수고된다. 제가 손수 흙을 이겨 메주덩이만하게 뭉쳐 처마 안에 집을 짓고, 검불을 많이 긁어 소 외양간 짚 깔 듯이 담뿍 넣어 주었더니, 미친 제비 아니면은 게다 알을 낳겠느냐. 집을 잘못들어 알 여섯을 낳았더니, 마음 바쁜 놀부놈이 삼시 세 때로 만져 보아, 다섯은 곯고 하나만 까서 날기 공부를 익힐 적에, 성질이 모진 놀부 소견에 구렁이가 먹으려 할 때 쫓았으면 저리 되었을까. 축문을 지어 제사하여도 구렁이가 오지 않아, 대발틈에 다리 부러지면 제가 동여 살려줄까, 밤낮으로 축수하여도 떨어지지도 아니하여, 날기 공부하느라고 제 집가에 발 붙이고 날개를 발발 떨면 놀부놈이 밑에 앉아,

"떨어지소, 떨어지소."

두 손 싹싹 비비어도 종시 떨어지지 않았다. 그렁저렁 점점 커

1) 망건의 당 앞에 대는 장식품.

서 날아가게 되었는데 놀부가 실패하자 제비 절로 다리 부러지기를 기다리면 놓치기 염려되니, 울려 놓고 달래리라. 제비집에 손을 넣어 제비새끼 잡아내어 연약한 두 다리를 무릎 대고 자끈 꺾어 마루바닥에 선뜻 놓고, 천연히 모르는 척 뒷짐지고 걸으면서 목소리 크게 내어 풍월을 읊는 것이었다.

"황성에 허조 벽산월이오, 고목은 진입창오운."

안으로 돌아서며 제비새끼 얼른 보고, 생침 맞는 된 목으로 제 계집을 급히 불러,

"여보소, 아기 어멈. 내가 아까 글 읊노라 미처 보지 못하였더니, 제비 새끼 떨어져서 다리가 부러졌으니 불쌍하여 보겠는가. 어서 감아 살려 주세."

저 몹쓸 놀부놈이 제비 다리 감으려 할 제, 흥부보다 더 잘 한다고 대민어 껍질 벗겨 세 겹을 거듭 싸고, 당사실은 가늘다고 당팔사 주머니 끈으로 단단이 동인 후에 제 집에 도로 넣고, 행여나 찬바람 쐴까 섶 두텁고 큰 포대기를 서너 겹 둘렀더니, 놀부를 망하게 할 제비기에 죽을 리가 있겠느냐. 십여 일이 지나더니 부러진 다리가 완합하여 비거비래(飛去飛來)[1] 출입하더니, 강남으로 들어갈 제 놀부가 부탁하여,

"여봐라, 내 제비야. 딱 죽을 네 목숨을 내 재주로 살렸으니, 아

1) 날아가고 날아오는 모습.

무리 짐승인들 재생지덕(再生之德)[2] 잊을 리 없지. 흥부의 은혜 갚은 제비가 세 통 박씨를 주었으니, 너는 갑절 더 보태어 여섯 통 열릴 박씨를 부디 수이 물고 오너라. 삼월까지 있지 말고, 과세 즉시로 발행하여 정월 보름 안에 당도하면 기다리기 괴롭잖고 오죽이나 좋겠느냐."

저 제비가 돌아가서 놀부의 전후 내력을 장수 전에 고한 후에 박씨 하나 얻어두고 명춘 삼월 기다릴 제, 이 때에 놀부놈은 정월 보름에 제비 올까 앉은뱅이 삯군 얻어 강남 급주(急走)[3]도 보내 보고, 안질 난 놈 비싼 삯을 주어 제비 오는 망을 보아, 제비에게 드는 돈은 아끼지 않고 써 낼 적에, 그렁저렁 삼월 되어 지붕 위에 오락가락 하는 제비가 놀부 집에 다시 오니 놀부가 아주 반겨,

"반갑다, 내 제비야. 어디 갔다 인제 왔나. 김천씨 새에게 벼슬을 내렸으니, 벼슬하러 네 갔더냐. 상고의 유소씨가 나무로 집을 세웠으니, 그것 배우러 네가 갔더냐. 오의(烏衣) 옛 거리에 지는 해 빗기었다. 왕사당전에 네 갔더냐. 얼마나 많은 홍분이 진흙으로 쌓였으랴, 미앙궁전 네 갔더냐. 어이 그리 더디 와서 내 간장을 다 녹이느냐. 박씨 물어 왔거들랑 어서 급히 나를 다오."

손바닥을 떡 벌리니 저 제비의 거동 보소. 물었던 박씨 하나를

2) 죽게 되었다가 다시 살아나게 된 덕.
3) 각 역에 배치된 주졸.

놀부 손에 떨어뜨리고 두 날개 편편하여 돌아도 아니 보고 구름 사이로 날아가니 놀부 좋아 춤을 추며,

"얼씨구나, 좋을씨고. 부익부를 하겠구나."

저의 가속을 급히 불러 박씨를 주며 자랑한다. 놀부 가속이 박씨를 보고,

"애겨 이것 내 버리소. 갚을 보(報)자, 원수 구(仇)자, 바람 풍(風)자 쓰였으니, 원수 갚을 바람이니 어디 그것 쓰겠어요."

놀부가 대답하기를,

"자네가 어찌 알아. 원수 구라 하는 글자 군자호구(君子好逑)[1]란 짝 구(逑)자와 통용하니 어떤 미인으로 내 짝 갚는다는 말이로세."

놀부 가속이 들어 보니 이런 죽을 말이 있나. 못 할말을 연해 하여,

"만일 그러하다면 바람 풍자는 웬일인가."

"바람 풍자는 더 좋지. 태호 복희씨는 풍(風)자 성으로 왕 하시고, 순임금은 오현금으로 남풍시를 노래하고, 문왕 무왕은 장한 덕화(德化)로 태평한 시대를 만들었으며, 주공은 성인이라 빈풍시를 지으시고, 한태조는 수수풍, 광무황제는 곤양풍, 와룡 선생은 적벽풍, 대풍이 세 번 한나라를 도왔으니 장하다 하려니와, 백이숙제 고절풍, 엄자릉의 선생풍, 도정절의 북창풍이 만고에 맑았으

1) 학식과 덕행이 높은 사람의 좋은 배필.

니, 그도 아니 좋을손가. 우리도 이 박을 심어 솔솔 부는 봄바람에 입묘하여 사월 남풍 점점 자라, 우순풍조 호시절에 꽃이 피고 박이 열려, 팔월고풍 따서 켜면 보물이 풍풍 나와 집안이 풍덩풍덩, 근래 풍속 좋은 호사 · 갑사 · 풍차 · 금패 · 풍잠 · 학슬풍 안경을 떡 고이고, 은 장식한 백마 높이 타고 봄바람에 달려, 구름은 엷고 바람 가벼운데 풍류스런 사람 좋은 팔자 밤낮 풍악으로 지낼 적에, 네 귀에 풍경 단 집 방안에 병풍 치고, 풍로에 차관 얹고, 풍석 없는 자네 배를 선풍도골 내가 타고, 풍편에 가끔 들리는 방아찧는 소리 풍풍 찧었으면 경수에 바람은 없는데 물결 스스로 일어나 잘금잘금 날 것이니, 그만하면 풍족하지 잔말 말고 심어 보세."

책력(冊曆)[2]을 펴 놓고 씨뿌릴 날 가려 내어 사당 앞을 급히 파고 못자리 할 거름을 모두 게다 펴 쟁이고 단단이 심었더니, 아침에 심은 것이 오후가 겨우 되어 솟아난 큰 박순이 수종난 놈 다리만큼 자라났다.

놀부 아내 깜짝 놀라,

"여보시오, 아기 아버지! 이것을 급히 빼 버리시오. 은나라의 나쁜 조짐으로, 아침에 났던 것이 저녁 때 큰 아람[3]져서, 요물이라 하였으니, 이것이 정녕 재변이요."

2) 전체를 관측하여 해와 달의 운행과 절기 따위를 적은 책.
3) 열매가 충분히 익어 저절로 떨어질 정도가 된 상태.

놀부가 장담하여,

"나물이 되려는 것은 떡잎부터 알 것이니, 네다섯 달이 지나가면 억만금 세간살이 그 넝쿨에 날 터이니 일찍 아니 잡아 줘지 않겠나."

이 박의 크는 법이 달마다 갑절씩이 더럭더럭 크는구나. 옆에서 순이 나고 순이 나고, 한 순이 커지기를 한 아름이 넘는구나. 어디가 턱 걸치면 모두 다 무너질 때 사당에 걸치더니 사당이 무너져 신주가 깨어지고, 곳간에 걸치더니 곳간이 무너지고, 왼 동네 집집마다 깨닫지 못하는 사이에 턱 걸치면 무너지고 무너지고, 무너지면 값을 물고 무너지면 값을 물어, 그렁저렁 이렇게 든 돈이 삼사천 냥 넘었으니, 놀부가 벌써부터 박의 해(害)를 보는구나.

꽃이 피어 박 맺을 제, 첫 번 바로 북통만씩 십여 일이 지내더니 나루에 거루선만하고, 한 달이 되더니 조창 세곡선만 하고, 여섯통이 열렸거든 놀부가 좋아하며,

"저 통 색이 노란 것이 속에 정녕 금이 들었지. 황금 적금이라니 은도 누르겠다. 어느 통에 미인이 있노, 그 통을 똑 알면 포장으로 둘러 두게."

한참 이리 걱정할 제, 허망이라 하는 놈이 성명을 듣고 행사 보면 이름이 헛되지 않음을 알겠구나. 동네 사람 앉으면은 놀부 공론하는구나.

"놀부같이 약은 놈이 박에다가 쓰는 돈은 아끼지 않고 써내니, 무슨 꾀로 돈 천이나 쓰게 할꼬."

허망이가 장담하여,

"나밖에 할 이 없지."

하고 놀부 집에 건너가서,

"여보소 놀부씨, 박통 일을 알 수 없어 걱정을 하신다니 나를 어이 안 찾는가?"

놀부가 반겨 물어,

"자네가 알겠는가?"

허망이 대답하기를,

"모수가 자천하는 말을 남은 암만 웃더라도 노형이야 속이겠나. 값 정하여 주었다가 박 타 보아 안 맞거든 그 돈 도로 찾아가소."

"그리 하기로 하세."

박 속의 일을 알려 할 제, 허망이가 지닌 재주는 오행으로 점을 치는 복구분법(復仇分法)[1]이었다. 박통 노인 뫼자리 복구분법으로 보아가니 첫 통 보고 하는 말이,

"모두 다 생금(生金)[2]인데 누가 가져갈까 노인 한 분이 수직한다."

둘째 통을 한참 보다가,

"사람이 많이 들었구나."

1) 원수를 갚는 법.
2) 캐어 낸 채 정련하지 않은 황금.

놀부가 옆에 앉아 손수 장담하는 것이 더 우스웠다.

"집 지을 장인들과 종들이 들었나보이."

셋째 통 또 보더니,

"애겨 계집이 많이 있다."

"애첩이 나오는데 계집종들 따라오나"

넷째 통을 또 보더니,

"풍류 기계가 많이 있다."

"내가 두고 행락(行樂)하라고."

다섯째 통 가리키며,

"그 가마 아주 길다."

"나하고 첩 둘이 타라고."

여섯째 통 가리키며,

"그 말 아주 좋다."

"타고도 다닐 테요. 밧줄 늘여 매어 두지."

"대강만 볼지라도 들 것 다 들었으니 어서 타고 보는 수일세."

책력을 펴 놓고 길일(吉日)을 가려 내어 박통을 타려할 제, 섬술 빚고, 섬 밥 짓고, 소 잡히고, 개 잡혀서 음식을 차린 후에, 팔힘 세고 소리 좋은 건장한 역군들을 질끈 먹고 댓 냥 삯에 30명을 얻어다가 생금통 먼저 탈 제, 놀부가 좋아하며 제가 소리 메기는데, 똑 금이 나올 줄로 알고 금으로 메긴다.

"여보소 세상 사람, 금 내력 들어 보소. 운남성 여수에 생겨나고, 흙 속에 묻히어서 전국 논객 소진은 구변으로 많이 얻어 실어 오고, 곽거는 효성으로 묻힌 황금솥을 파내었네."

"어기여라 톱질이야."

"오행의 가운데요, 팔음의 머리로다. 범아부를 이간시키기로 진평은 흩었는데, 고인이 주는 것을 양진은 어이 마다하였는고."

"어기여라 톱질이야."

"나는 제비를 살렸더니 금 박통씨 얻었으니, 이 통을 어서 타서 금이 많이 나오면 석숭을 부러워할까. 이 동네가 금록(金綠)[1]되리."

"어기여라 톱질이야."

"첩과 왕소군을 앉히도록 황금집을 지어 볼까. 자류청총 말을 달리게 황금채찍을 만들고저."

"어기여라 톱질이야."

슬근슬근 거의 타니 박통 속에 우군우군 글 읽는 소리가 난다.

"맹자 견양혜왕 하신대 왕왈 불원천리(不遠千里)[2] 이래하시니 역장유 이리 오국호(誤國呼)[3]잇까? 마상에 봉한식하니 도중에 늦은 봄을 보내는구나. 가련 놀부 망하니, 상전이라 할 자가 뵈지를 않는구나?"

놀부가 듣고 하는 말이,

1) 금으로 엷게 입힘.
2) 천리를 멀다고 여기지 않음.
3) 나라의 전도를 그르치는 일.

"어디 그게 박 속이냐? 정녕한 서당이지. 글귀는 당음인데, 강포가 놀부 되고, 낙교가 상전되어 그것은 웬일인고."

한참 의심하는 중에 박통 문을 반만 열고 노인 한 사람이 나오는데, 차린 복색이 제법이었다. 헐고 헌 체뿔관에 빈대 알이 따닥따닥 붙고, 생마포 적삼 위에 개가죽 묵은 배자가 무릎 아래 털렁털렁하고, 구멍 뻥뻥 헌 중치막은 아랫단에 황토 묻고, 대대로 물려받은 묵은 바지는 오줌 싸서 얼룩지고, 석 자 가웃 홑베 주머니는 일가산을 넣어 차고, 따닥따닥 기운 버선 네날 초혜 들메 신고, 곱돌 조대 중동 쥐고, 개털 부채로 얼굴 가리고, 놀부의 안방으로 제 집같이 들어가니 놀부가 보고 장담하여,

"흥부는 첫 통 탈 때 동자가 왔다더니, 내 박은 첫 통에서 노인이 나오더니 그로만 볼 지라도 사람마다 다 제 몫이 있고, 저 주머니 속에 든 게 모두 다 선약이지."

바삐바삐 따라가서 자세히 살펴보니, 토깽이 같은 낮에 빈대 코가 맵시 있다. 뱁새 눈 병어 입에 목소리는 아주 커서,

"이놈 놀부야, 옛 상전을 모르느냐? 네 할아비 덜렁쇠, 네 할미 허튼덕이, 네 아비 껄덕놈이, 네 어미 허천례, 다 모두 댁 종이라. 병자 팔월일에 과거 보러 서울 가고, 댁 사랑이 비었을 제 성질이 흉악한 네 아비놈이 가산 모두 도적하여 간 곳 모르게 도망하니 여러 해를 탐지하되, 종적 아직 모르더니 조선 왔던 제비 편에 자세히 들어보니 너희 놈들 이곳에 있어 부자로 산다기로, 불원천

리하고 나왔으니 네 처자, 네 세간을 박통 속에 급히 담아 강남 가서 고공살이[1]를 하라."

놀부가 들어 보니 정신이 캄캄하여 아무렇게도 할 수가 없었다.

아니라 하자 한들 삼대나 되었으니 증인 설 사람이 없고, 싸워나 보자 해도 이 양반 생긴 것이 불에 넣어도 안 타게 생긴데다, 송사를 하자 하니 좋지 않은 그 근본을 마을 사람들이 다 알 것이니 어찌 하면 무사할까. 저 혼자 궁리할 제, 저 양반의 호령 소리가 갈수록 무서웠다.

"이놈 놀부야, 옛 상전이 와 계신데 네 계집, 네 자식이 문안을 아니 하니 이런 변이 있단 말이냐. 이리 오너라."

박통 속이 관문 같이,

"예."

범강 · 장달 · 허저같은 힘세고 무섭게 생긴 여러 놈이 몽치를 들고, 올바를 들고 꾸역꾸역 퍼나오니, 놀부가 이 광경을 보니 죽을밖에 수가 없었다.

엎디어 애걸한다.

"여보시오, 상전님, 이 동네가 양반촌이오. 아비의 가세(家勢) 부유하기로 관을 쓰고 지내오니 이 고을 모모한 양반 댁이 다 모두 사돈이요. 이 소문이 나게 되면 소인은 고사하고 그 양반들 챙

1) 남의 집 머슴살이.

피하오니, 자라는 초목 꺾지 않는다는 말을 생각하여 아무 말씀 마옵시고 속전(贖錢)[1]으로 바치옵게 계산하여 주옵소서."

"그 사이에 여러 십년이 지났고, 네 놈의 아비 어미, 네 놈과 계집 자식 고공살이 아니 하였으니 그 돈은 어찌할꼬?"

"분부대로 하오리다."

"네 놈 죄상을 생각하면 기어이 잡아다가 밤낮으로 일을 시키면서 만일 조금만 잘못하면 초당 앞의 말뚝에 거꾸로 매어 달고 대추나무 방망이로 두 발목 복숭아뼈 짱짱 때려 부리자 하였더니, 네 말이 그러하니 또한 사람으로 좋게 대접하지. 그 돈 바칠 테면 지체말고 썩 들여라."

놀부가 물어,

"몇 냥이나 바치올지."

"너만한 놈을 데리고서 돈이 적고 많음을 다투겠나."

조그마한 주머니를 허리에서 끌러주며,

"아무 것이든지 여기만 채워 오라."

놀부놈이 제 소견에 저 양반 저 억지에 많이 달라 하게 되면 이 일을 어찌할꼬, 잔뜩 염려하였다가 이 주머니 채우자면 얼마 아니 들겠거든 아주 좋아 못 견디어,

"그리 하오리다."

1) 죄를 면하려고 바치는 돈.

주머니를 가지고서 제 방으로 들어가서 돈 열 냥을 풀어 놓고, 한 줌 넣고 두 줌 넣어 열 줌이 넘어가되 아무 동정도 없었다. 푼돈이라 그러한가. 양돈으로 넣어 보아, 닷 냥 열 냥 스무 냥을 암만 넣어도 간 데 없다. 묶음으로 넣어 볼까, 스무 냥씩 묶은 묶음, 백 묶음이 넘어가도 형적이 없다. 이 주머니 생긴 품이 무엇을 넣으려 하면 주둥이를 떡 벌려서 산덩이도 들어갈 듯, 넣고 보면 딱 오무려 전과 도로 같아진다.

"어허 이것 어찌 할꼬."

돈 천 냥 잠근 궤를 궤째 모두 밀어 넣어도 어디 간지 알 수 없다. 이대로 하다가는 묵은 상전 고사하고 자신을 팔아 버려 새 상전 생기겠다. 부피가 많기로 곡식을 넣어보자. 쌀 백 석을 넣어 보아, 2백 석 3백 석을 곧 넣어도 그만이라. 벼 천 석 쌓은 노적 나무벼늘, 짚벼늘, 심지어 뒷간 거름 모두 다 쓸어 넣어도 채워질 생각도 아니 한다. 놀부가 겁을 내어 주머니를 들고 보아,

"이게 어디 구멍 났나?"

혼술 밑을 다 보아도 가죽으로 만든 것이 바늘 찌를 틈이 없다.

"애겨 이것 어찌할꼬. 사람 죽일 것이구나."

주머니를 가지고서 양반 앞에 다시 빌어,

"여보시오, 상전님, 이게 무슨 주머니오?"

"네 이놈, 왜 묻느냐?"

"아무 것이라도 들어가면 간 데 없소."

"에라, 이놈 간사하다. 그럴 리가 왜 있으리. 조그마한 주머니를 채워 오라 하였더니, 아무것도 아니 넣고 이 소리가 웬 소린고. 이리 오너라. 네 저놈 매를 때려라."

놀부가 황급하여 애절히 빌었다.

"비옵니다. 상전님 덕택에 살려주세요. 공돈 속돈 또 바치지, 이 주머니는 채울 수 없소."

"네 원이 그러하면 네 할아비, 네 할미, 네 아비, 네 어미, 네 아들, 네 딸년, 네놈까지 일곱 식구, 매 식구에 일천 냥씩 7천 냥을 바쳐라. 만일 잔말 하였다가는 네놈 여기 넣으리라."

주머니 떡 벌리니 놀부가 기겁하여 7천 냥 또 바치니, 저 양반이 그 돈을 받아 주머니에 들어치니 경각에 간 데 없다.

놀부가 속량터니 상전이라 아니하고 생원으로 부르겠다.

"여보시오, 생원님. 이왕 끝난 일이니 주머니 이름이나 가르쳐 주옵소서."

속였던 저 양반이 먹을 것을 다 먹더니 마음이 낙락하여 말씨를 좋게 하여,

"이 주머니가 능천낭이다. 천지 개벽한 연후에 불충 불효하는 놈들 도덕도 의리도 없이 모은 재물 뺏어 오는 주머니다."

"누구누구 것 뺏어 왔소?"

"어찌 다 말하겠나? 한나라 양기의 세간은 한 편 귀도 못 차더라."

"그 세간은 얼마나 되드라우?"

“돈만 해도 30여 만만이지. 당나라 원재의 세간도 한 편 귀도 못차더라.”

“그 세간은 얼마나 되드라우?”

“호초만 하여도 8천 석이지야.”

“그렇게 뺏어다가 다 어디 써 계시오?”

“임금에게 충성하고, 부모에게 효도하고, 형제간에 우애하고, 친구 구제하는 사람, 형세가 가난하면 이 재물 나눠주어 부자되게 하였지. 그것도 조선 땅이지, 박흥부라 하는 사람 마음이 인자하고, 형제간에 우애하되 형세가 가난키로 이 주머니 있는 세간 절반 남아 보냈지야.”

놀부놈 평생의 성질이 다른 사람 하는 말은 기어이 되받겠다.

“만일 그러할 양이면 안자같은 아성인이 단표누항(簞瓢陋巷)[1] 하였으며, 동소남의 하늘이 낸 효도로도 숙수공양(菽水供養)[2] 못하오니 주머니에 있는 세간 왜 아니 보내었소?”

“그럴 리가 있겠느냐. 많이 많이 보냈더니, 염결하신 그 어른들 무용지물(無用之物)이라고 다 아니 받더구나. 누가 허물 없으리오. 고치면 귀할 테니 너도 이번에 개과(改過)하여 형제간 우애하고, 이웃과 화목하면 이 재물 더 보태어 도로 갔다 줄 것이요, 그

1) 도시락과 표주박과 누추한 거리라는 뜻으로, 소박한 시골 살림을 비유하는 말.
2) 변변하지 못한 음식.

렇지 아니 하면 장마들 때 한 번씩 큰비가 올지라도 우장(雨裝)쓰고 올 것이니 가볍게 알지 말라."

당하(堂下)[1]에 내려가더니 갑자기 간 데 없었다.

박을 타던 역군들이 이 꼴을 보아 놓으니 다시 탈 홍이 없어 각각 집으로 돌아가려 하니 놀부가 만류하여,

"아까 왔던 그 노인이 상전인 게 아니라, 은금이 변화하여 내 지기를 받자 하니, 만일 중지하여서는 저 다섯 통에 있는 보화를 흥부 갖다 줄 것이니, 좋은 일이 생기려면 먼저 해(害)가 꼭 있나니 무안해 하지 말고 어서어서 톱질하소."

놀부가 설소리를 또 메기면서 부자만을 원하것다.

"어기여라 톱질이야."

"인간의 좋은 것이 부자밖에 또 있느냐. 요임금은 어찌하여 일이 많다고 마다 하시고, 맹자는 어찌하야 불인(不仁)하면 된다 하셨는고. 다사(多事)해도 나는 좋고 불인해도 내사 좋으이,"

"어기여라 톱질이야."

"월나라 범여가 부자된 것은 그 스승 계연의 남은 꾀요, 전국시대 백규의 돈 모으기 손오의 병법이라. 재물이 없으면 잘난 사람 쓸데없네."

"어기여라 톱질이야."

1) 대청의 아래.

"공자같은 대성인도 자공이 아니면 천하를 어찌하며, 한 태조 영웅이나 소하 곧 아니면 통일천하 할 수 있나."

"어기여라 톱질이야."

"이 통을 어서 타서 좋은 보물 다 나오면, 부익부 이내 형세 무궁행락하여 보세."

슬근슬근 거진 타니 피채 꿰미가 박통 밖에 빼족 내밀었다. 놀부가 보고 좋아하며,

"애겨 이것 돈꿰미."

쑥 잡아 빼어 놓으니 줄봉사 5, 6백 명이 그 줄을 서로 잡고 꾸역꾸역 나오더니, 그 뒤에 나오는 놈은 곰배팔에 앉은뱅이, 새앙손에 반신불수, 지겟다리 갈 디딘 놈, 밀지로 코 덮은 놈, 다리에 피 칠한 놈, 가슴에 구멍난 놈, 얼어 부푼 낯바닥에 댕강댕강 물 떨어지는 놈, 입술이 하나 없어 잇속이 으등한 놈, 다리가 팅팅 부어 모기둥만씩한 놈, 등덜미 쑥 내밀어 큰 북통 진 듯한 놈, 키가 한자 남짓한 놈, 입이 한 편 돌아간 놈, 가죽관 쓴 놈, 체뿔관 쓴 놈, 패랭이 꼭지만 쓴 놈, 웅장건을 끈 달아 쓴 놈, 물매 작대 멜빵만 진 놈, 감태 한 줌 헌 공석 진 놈, 온 몸에 재 칠하여 아궁이에서 자고난 놈, 헐고 헌 고의 적삼 등잔 기름에 절음한 놈, 그저 삐걱삐걱 나오는데, 사람들 모은 수가 대구 시월영(十月營)만한데, 각각 소리질러 놀부를 불러대니 이런 야단이 없구나. 그 중에도 영좌라 하는 영감 나이 50 남짓한데, 오랫동안 과객질에 공것 먹는 수가 터져

힘도 별로 안 들이고 여상으로 하는 수작이 사람 죽일 말이로다.

헌 갓에 벼릿줄, 헌 중치막에 방울띠, 아주 긴 담뱃대를 한가운데 불끈 쥐고 점잖게 나오더니 동무들을 책망하여,

"왜 이리들 요란하냐. 한 달 두 달 내에 끝날 일이 아닌 것을, 어이 그리 성급한고. 아무 말도 다시 말고 내 명패로 시행하지."

놀부네 안채 대청 위에 허물없이 올라 앉아 끝없는 반말 소리로,

"바깥주인이 어디 있노. 이리 와서 내 말 들어라."

놀부가 전 같으면 이러한 과객 보고 오죽 호령 잘 할 테지만, 여러 걸인의 호령 소리에 정신을 놓았다가, 이 분의 하는 것이 점잖아 보이거든 원정을 하여 보자 하고, 올라 가 절한 후에 공순히 여쭙기를,

"본댁은 어디온데 무슨 일로 오시오며, 저리 많은 동행 중에 성한 사람 없사오니, 어찌하여 오셨나이까?"

영좌가 대답하기를,

"우리들이 온 내력은 5, 6일간 쉰 후에 그로부터 수작하겠지만, 수다한 동행들이 저 좁은 박통 속에 여러 날 고생하여 배고픔이 심하니, 좋은 안주 술 대접과 갖은 반찬 더운 점심, 정결한 사처방에 착실히 대접하라."

놀부가 깜짝 놀라 애절히 비는 말이,

"저 많은 손님에게 주식 대접할 수 있소? 돈으로 대신하옵시다."

영좌가 대답하기를,

"손님 대접하는 법이 밥상 하나 하자 하면 접시 일곱, 종지 둘, 조칫보에 갖은 반상, 반찬값만 할지라도 댓 냥이 넘을 터이나 주인의 폐를 보아 댓 냥으로 결정하니, 손님 한 분에 매일 밥값 석 냥, 술 · 담배 값 한 돈씩 파전 · 쇠전 섞이지 않게 착실히 대령하라."

놀부가 할 수 없어 3천 냥을 내어 놓고, 한 끼 밥값을 계산하니 몇 냥 남지 않는구나. 놀부가 다시 빌어,

"귀하신 손님네를 여러 날 만류하여 쉬어 가면 좋겠으나, 내 집 열 배 더 있어도 못 다 앉힐 터이오니, 오신 내력 말씀하여 쉽게 처분케 하옵시다."

"주인 말이 그러하니 아무렇거나 하여볼까. 우리나라 벼슬 중에 활인서란 마을 있어, 관원 서리 창고지기들이 수만 냥 이익을 남겨 수많은 우리 걸인 돈을 주어 먹더니, 주인 조부 덜렁쇠가 삼천 냥 본전 쓰고 병자년에 도망하여 거처를 모르게 되었으니 매년 삼리, 삼삼은 구를 본전에서 그렁저렁 수십 년에 본전이 다 없어서, 우리 돈을 받지 못 하더니, 조선 왔던 제비 편에 주인 소식을 자세히 듣고, 활인서에 발괄한 즉 관원의 분부로 '만리 타국에 있는 놈을 공문으로 오가기 번거로우니, 너희들이 모두 가서 여러 해 밀린 변리(邊利)[1] 받아 오되, 만일 완강히 거절하거들랑 그

1) 원금에서 느는 이자.

놈의 안방에 가서 먹고 반듯 누웠어라.' 분부 모시고 나왔으니, 갚고 아니 갚기는 주인의 소견이지."

놀부가 기가 막혀 공손히 다시 물어,

"우리 조부가 그 돈 쓸 때 수표에다 이름 서명한 것 있소?"

"있지."

"여기 가져 오셨습니까?"

"아니 가져 왔지."

"수표가 있더라도 사람이 죽으면 징벌하지 않는 법인데, 수표도 안 가지고 빚 받으러 오셨습니까?"

"일 년쯤 되었으면 강남 왕래할 터이니, 우리 식구 여기서 먹고, 동행 하나 보내어서 수표를 가져오지."

놀부가 들을수록 사람 죽을 말이로다. 무한히 힐난하다 곱친 이자로 육천 냥에 원한을 풀어 보낼 적에 영좌가 하는 말이,

"갖다가 바쳐 보아 당상께서 적다 하면 도로 찾아 올 것이니, 홀홀히 떠난다고 섭섭히 알지 말지."

일시에 간 데 없었다. 걸인을 보낸 후에 셋째 통 또 타려고 할 제, 놀부 저도 무안하여 아니리[1]를 연해 짜넣어,

"선흉후길(先凶後吉)이오, 고진감래(苦盡甘來)[2]요. 세 번 호령

1) 판소리에서 창을 하는 사이사이에 이야기하듯 엮어 나가는 말.
2) 고생 끝에 즐거움이 옴.

하고 다섯 번 타일러 훈계한다 하니, 무한 좋은 보화가 이 통 속에는 꼭 들었지."

박 타는 역군 중에 입바른 사람이 있어 옆구리에 칼이 와도 할 말은 똑 하겠다.

"여보소 놀부씨, 이 통 설소리는 내가 메기면 어떤가?"

놀부가 허락하니, 놀부를 꾸짖는 박사설로 메기었다.

"요 · 순 · 우 · 탕 태평할 때에 인심들이 순박, 공자 · 맹자 · 안자 · 증자 성인님은 행실들이 검박, 밀화 늙어 호박, 구슬 발은 주박."

"어기여라 톱질이야."

"근래 풍속 그리 소박, 사람마다 모두 경박, 남의 말을 대고 타박, 형제간에 몹시 구박."

"어기여라 톱질이야."

"흥부의 심은 박, 제비 은혜 받는 박, 놀부가 심은 박, 제비 원수 받는 박, 양반 나와 바로 결박, 걸인 나와 무수 공박."

"어기여라 톱질이야."

"네 정경이 저리 절박, 네 사세가 하도 막막, 불의로 모은 재물 부서지기 쪽박."

슬근슬근 톱질하여 거진 타니, 사당패의 법이란 게 그 중에 연계사당이 앞서는 법이었다.

흩은 낭자머리 때묻은 옷으로, 박통 밖에 썩 나서니 놀부가 깜짝 놀라,

"애겨 첩 나오너라, 하님이 먼저 나온다."

내외를 시키기로 잡인 출입을 금하니 일꾼 떨거지를 모두 몰아 문밖으로 보내고서, 휘장이 모자라니 홑이불, 이불 안팎, 돗자리, 문발이며 심지어 멍석까지 담뿍 둘러 막았더니 그 뒤에 미인들이 꾸역꾸역 나오는데 낭자도 하였으며, 길게 딴 고방머리 곱게 빼고, 명주사 수건 자주 수건 머리도 동였으며, 연두색 저고리에 긴 담뱃대 물었으며, 따라오는 짐꾼들은 곱게 겨른 오장치에 이불보 · 요강 · 망태 · 기름병도 달아 지고 꾸역꾸역 나오더니 놀부 보고 절을 하며,

"소사 문안이요, 문안이요. 소사 등은 경기 안성 청룡사와 영남 하동 목골이며, 전라도로 의논하면 함열의 성불암, 창평의 대주암, 담양 · 옥천 · 정읍 · 동복 · 함평의 월랑산 여기저기 있삽다가, 근래 흉년으로 살 수 없어 강남으로 갔삽더니, 강남 황제 분부로써 '네 나라 박놀부가 삼국에 유명한 부자라니 박통 타고 그리 가서 수천 냥을 뜯어내되, 만일 적게 주거들랑 다시 와서 알리어라.' 분부 모시고 나왔으니 후히 돈냥 주옵소서."

놀부가 할 수 없어 제 손수 눌키겠다.

"나오던 중 상이로다. 너회들 장기대로 염불이나 잘 하여라."

사당 거사가 좋아하고, 거사들은 소고 치고, 사당의 절차대로

1) 판소리에서 극적인 효과를 위하여 창하는 사람이 곁들이는 몸짓.

연계사당 먼저 나서서 발림[1]을 곱게 하고,

"산천초목이 다 무성한데 구경가기 즐겁도다. 어야여, 장송은 낙락, 기러기 훨훨, 낙락장송이 다 떨어진다. 성황당 어리궁 뻐꾹새야 이 산으로 가며 어리궁 벅궁, 저 산으로 가며 어리궁 벅궁."

"이야, 잘 논다. 네 이름이 무엇이냐."

"초월이요."

또 한 년이 나서면서,

"녹양방초(綠楊芳草)[2] 다 저문 날에 해는 어찌 더디 가며, 오동나무에 성근 비 내리고 밤은 어찌 길었는고, 얼싸절싸 말 들어 보아라. 해당화 그늘 속에 비 맞은 제비같이 이리로 흔들 저리로 흔들, 흔들흔들 넘논다. 이리로 보아도 일색이요, 저리 보와도 일색이라."

"이 애, 잘 논다. 네 이름은 무엇이냐?"

"구강선이오."

또 한 년 나오더니,

"갈까보다 갈까보다, 잦힌 밥을 못 다 먹고 임을 따라 갈까보다. 경방산성 빗도리길로 알박이 처자 앙금 살살 게게 돌아간다."

"네 이름은 무엇이냐."

"일점홍이오."

2) 푸른 버드나무와 향기롭고 싱그러운 풀.

또 한 년이 나오면서,

"오돌또기 춘향 추향월의 달은 밝고 명랑한데, 여기다 저기다 엎어 바리고 말이 못 된 경이로다. 만첩청산 쑥쑥 들어가서 휘어진 버드나무 손으로 주루룩 훑어다가, 물에다 둥덩실 둥덩실, 여기다 저기다 엎어 버리고 말이 못 된 경이로다."

"잘 한다, 네 이름은 무엇이냐."

"설중매요."

또 한 년이 나오며, 방아타령을 하여,

"사신 행차 바쁜 길에 마죽참이 중화로다. 산도 첩첩 물도 중중 기자왕성이 평양이라. 청천에 뜬 까마귀가 울고 가니 곽산, 모닥불에 묻은 콩이 튀어 나오니 태천, 찼던 칼 빼어 놓으니 하릴없는 용천검, 청총마를 들입다 타고 돌아보니 의주로다."

"잘 논다, 네 이름은 무엇이냐."

"월하선이오."

또 한 년이 나오면서 자진방아타령을 하여,

"유각골 처자는 쌈지장사 처녀, 왕십리 처자는 미나리장사 처녀, 순창 담양 처자는 바구니 장사 처녀, 영암 강진 처자들은 참빗장사 처녀, 에라뒤야 방아로다."

"네 이름은 무엇이냐."

"하옥이오."

한참 서로 농탕치니 놀부댁 강짜가 나는구나.

천도머리 돔방치마 속곳 가래 풀어 놓고, 버선발 평나무신 왈칵 뛰어 냅따 서서 놀부 앞에 앉으면서,

"나는 누구만 못하기에 사당 보고 미치느냐?"

놀부가 전 같으면 볼에 상처가 곧 날 테나, 사당에게 우세될까 미운 말로 별나게 보아,

"차린 의복과 생긴 맵시가 정녕한 관물이지. 풍류하는 여인네들 보았으면 여럿 패가시키겠다. 염불하던 사당들이 예쁘기도 하거니와, 강남 황제 보냈으니 홀대할 수 있겠느냐."

매 사람에 일백 냥씩 후히 주어 보낸 후에 설소리꾼에게다 분을 모두 풀어,

"방정스런 저 자식이 톱질 사설을 잘못 메겨 떼방정이 나왔으니 물렀거라 내가 메길께."

놀부가 분을 내어 통사설로 메기것다.

"헌원씨가 만든 배를 타고 나니 이제 불통, 공부자(孔夫子)[1] 가르침에 게으르지 아니하여 칠십 제자 육예 신통."

"어기여라 톱질이야."

"한나라 숙손통, 당나라 굴돌통, 옛 글에 있는 통 모두 다 좋은 통."

"어기여라 톱질이야."

"어쩌다 이내 박통은 모두 다 몹쓸 통, 첫번 통은 상전통, 둘째

1) 공자의 높임말.

통은 걸인통, 셋째 통은 사당통."

"어기여라 톱질이야."

"세간을 다 뺏기니 온 집안이 아주 허통, 우세를 하도 하니 처자들이 모두 패통, 생각하고 생각하니 내 마음이 절통."

"어기여라 톱질이야."

"어서 타세 넷째 통, 이번은 분명히 세간통, 그렇지 않으면 미인통."

"어기여라 톱질이야."

"내 신수가 아주 대통, 어찌 그리 신통, 뻿뜨려라 이내 죽통, 흥부 보면 크게 호통."

"어기여라 톱질이야."

슬근슬근 거진 타니, 열댓 살 된 아이가 노란 머리칼에 창옷을 입고 박통 밖에 썩 나서니 놀부가 아주 반겨,

"애겨 이게 선동(仙童)이지."

삼십 넘은 노총각이 그 뒤를 따라 또 나오니 놀부가 더 반겨,

"동자가 한 쌍이지."

그 뒤에 사람들이 꾸역꾸역 나오는데, 앞에 선 두 아이는 검무장이[1] 북잡이라. 풍각장이, 각설이패, 방정스런 외초라니 등물이 지껄이며 나오더니 놀부네 안마당을 시장판으로 알았던지 훨씩

1) 칼을 들고 춤추는 사람.

넓게 자리잡고, 각 차비가 늘어서서 가야금 '둥덩둥덩', 퉁소 소리 '띠루띠루', 해적소리 '고개고개', 북 장단에 칼춤 추며, 번개 소고 벼락 소고 '동골동골'.

한편에서는 각설이패가 덤벙이는데, 백호 밑에 훨썩 돌려 숭늉 쪽박 엎어놓은 듯, 가로 약간 남은 머리에 개미 상투 엇비슷하여 이마에 딱 붙이고 전라도 장타령을 시작하여,

"떠르르 돌아왔소. 각설이라 멱설이라 동설이를 짊어지고 뚤뚤 몰아 장타령, 흰 오얏꽃 옥과장, 누런 버들 김제장, 부창부수 화순장, 시화연풍 낙안장, 쑥 솟았다 고산장, 철철 흘러 장수장, 삼도 도회 금산장, 일색춘향 남원장, 십리오리 장성장, 애고애고 곡성장, 누리누리 황육전, 풀풀 뛰는 생선전, 울긋불긋 황화전, 팟뀌팟뀌 담배번, 얼걱덜걱 옹기전, 딸각딸각 나막신전."

한 놈은 옆에 서서 두 다리를 빗디디고 허리짓 고개짓을 하며, 살만 남은 헌 부채로 뒤꼭지를 탁탁 치며,

"잘 한다 잘 한다, 초당 짓고 한 공부냐 실수 없이 잘 한다. 동삼 먹고 한 공부냐 기운차게 잘도 한다. 기름 되나 먹었느냐, 미끈미끈 잘 나온다. 목구멍에 불을 켰나, 훤하게도 잘 한다. 뱃가죽 두껍다. 끝도 없이 나온다. 네가 저리 잘 할 적에 네 선생이 오죽하랴. 네 선생이 내로구나. 잘 한다 잘 한다. 목 쉴라 목 쉴라 대목장에 목 쉴라. 가만 가만 섬겨라. 너 못 하면 내가 하마."

한참 이리 덤벙일 제, 한 편에서는 고사 초란이가 덤벙이는데

구슬 상모, 털벙거지, 바짝 맨 통장고를 턱 밑에 되게 메고,

"꽁그락 꽁 꽁꽁."

"예, 돌아왔소, 구름같은 댁에 신선같은 나그네 왔소. 옥같은 입에 구슬같은 말이 쑥쑥 나오."

"꽁그락 꽁."

"예, 오노라 가노라 하니 우리 집 마누라가 이 집 마님 앞에 문안 아홉 꼬쟁이, 평안이 아홉 꼬쟁이, 이구 십팔 열 여덟 꼬쟁이, 낱낱이 전하라 하옵디다."

"꽁그락 꽁."

"허페 ."

"통영 칠 도리판에 쌀이나 담아 놓고, 귀 가진 저고리, 단 가진 치마, 명실 명전 갖은 꽃 소반 고사나 하여 보오."

"꽁그락 꽁꽁."

"허페"

"정월 이월 드는 액(厄)은 삼월 삼일 막아내고, 사월 오월 드는 액은 유월 유두에 막아내고, 칠월 팔월 드는 액은 구월 구일 막아내고, 시월 동지 드는 액은 납월 납일 막아내고, 매월 매일 드는 액은 초란이 장고로 막아내세."

"꽁그락 꽁."

"허페."

놀부가 보다가 하는 말이,

"저러한 되방정들 집구석에 두었다는 싸라기도 안 남겠다."

돈 관씩 후히 주어 길을 떠나 보냈구나.

잡색꾼들을 보낸 후에 남은 통을 켜자고 하지만, 이 여러 박통 속이 탈 수록 잡 것이라 놀부댁은 옆에 앉아,

"애고 애고."

통곡하고, 삯 받은 역군들은 무색하여 만류하였다.

"그만 타소, 그만 타소. 이 박통 그만 타소. 삼도에 유명한 자네 형세 하루 아침에 탕진하였으니, 만일 이 통을 또 타다가 무슨 재변 또 나오면 무엇으로 막아낼까. 필경 망신될 것이니 제발 덕분에 그만 타소."

고집 많은 놀부놈이 가세는 기울어도 성정은 안 풀리어,

"너의 말이 녹록하다. 뽑아든 칼을 도로 꽂는다는 것이 어찌 대장부의 할 일인가. 무엇이 나오든지 기어이 타볼 테네."

톱 소리를 아주 억지쓰기로 메겨,

"어기여라 톱질이야."

"초패왕이 장감을 칠 때 삼일 양식만 가졌으며, 한신이 조나라 진여를 칠 때 배수진이 영웅이라."

"어기여라 톱질이야."

"틀림없이 좋은 보배 이 두 통에 있을 테니 일락서산(日落西山)[1]

1) 해가 서산에 짐.

더 저물기 전에 큰 힘 써서 당기어라."

슬근슬근 거진 타니, 큼직한 쌍가마 긴 가마채가 꺾음섬의 가시목을 네모 접어 곱게 깎아 생피로 단단히 감아 철목을 걸었는데, 박통 밖에 뾰쪽하니 놀부가 크게 기뻐하여,

"아무러면 그러하지. 아무리 박통 속이 내외하기 좋다 한들 천하에 흰 그 얼굴이 걸어 올 리가 있나. 틀림없는 쌍가마 속에 어여쁜 첩이 앉았으니, 말 두 마리가 끄는 쌍가마로 모셔다가 안채 대청 놓을 테니 휘장 칠 법 다시 없다."

장담하며 기다릴 제, 쌍가마는 무슨 쌍가마. 송장 실은 상부(喪父)[1]인데 강남서 나오다가 박통 가에 이르러서, 세상에 나올 테니 상여를 받침틀 하여 마목틀 괴어 놓고, 어동육서(魚東肉西) 홍동백서(紅東白西)[2] 법식에 따라 상을 벌이느라고 그새 조용하였구나.

불시에 소리가 나는데,

"한번 죽으면 그만인데 이제 가면 언제 오나."

"워허너허 워허너허 ."

"명정(銘旌)[3] 공포(功布)[4] 앞을 서고, 행자(行者)[5] 곡비(哭婢)[6] 곡을 하소."

1) 아버지의 죽음을 당하는 것.
2) 제사상을 차릴 때 생선은 동쪽, 고기는 서쪽, 붉은 과일은 동쪽, 흰 과일은 서쪽에 차리는 격식.

"워허너허"

"강남가는 길 수천 리에 고생도 하였더니, 박통문이 열렸으니 묻히는 곳 어디신고?"

"워허너허."

"금강 · 구월 · 지리 · 묘향산은 산운이 불합하여 갈 수 없다."

"워허너허."

"날씨가 구름 끼어 비올 기운이 있다. 앙장(仰帳)[7] 떼고 우비 써라 가다가 저물세라 어서 가자 놀부집에."

"어허너허 어허너허."

그 뒤에 상인들이 각각 소리하며 울고 올 제, 낳은 아들 하나요, 삯 상인이 여섯이니 먹이고 날 댓돈에 목 좋은 놈만 얻었구나. 한 놈은 시조창으로 울고, 한 놈은 방아타령으로 울고, 한 놈은 너무 울어서 목이 조금 쉬었기로 목은 아예 쓰지 않고 자진모리[8] 아니리로 남을 노상 웃기겠다.

"애고 애고, 막동아, 기운 없어 못 살겠다. 놀부 집에 급히 가서

3) 죽은 사람의 관직 · 성씨 등을 기록하여 상여 앞에 들고 가는 긴 기.
4) 관을 묻을 때, 관을 닦는 삼베 헝겊.
5) 양반의 장례 때, 상제를 모시고 따라가는 사내종.
6) 상을 당하였을 때, 상제를 대신하여 곡을 하는 계집종.
7) 상여 위에 치는 휘장.
8) 휘모리보다 좀 느리고 중중모리보다 좀 빠른 속도로서 섬세하면서 명랑하고, 차분하면서 상쾌함.

개 잡혀서 잘 고아라. 애고 애고, 오늘 저녁 상여를 어디다 멈출꼬. 놀부의 안방 치우고 포진을 잘 하여라. 애고 애고, 이 행차가 초라하여 못 하겠다. 놀부 아들 행차 세우고, 놀부 딸은 곡비 세워라. 애고 애고, 철야할 제, 심심하여 어찌할까. 글씨 잘 쓴 경쇠 한 목, 쇠 좋은 놈 얻어 오라. 애고 애고 설운지고, 가난이 원수로다. 삯 한 돈에 몸 팔리어 헛울음에 목쉬었다. 애고 애고."

"어허너허 어허너허."

땡그랑 요란하게 나오더니 놀부 안방에 상여를 세우고 허저같은 상여꾼들 벽력같이 외치는 소리,

"주인 놀부 어디 갔나? 큰 병풍 치고 젯상 놓고, 촛대에 밀촉 켜고, 향로에 불 피우고, 제물 먼저 올린 후에 상식상 곧 차려라. 방 더울라 불때지 말고, 고양이 들어갈라 굴뚝을 막아라."

이런 야단이 없구나. 놀부가 넋을 잃어 처자를 데리고서 대강 거행한 연후에 상제에게 문안하고, 공손히 묻자오되,

"어떠한 상행차인지 내력이나 알아봅시다."

상제가 대답하기를,

"오, 네가 박놀분가?"

"예."

"우리 댁 노생원님이 너를 찾아 보시려고 첫 박통에 행차해서 너를 놓아주고, 돌아오신 후에 네 정성이 극진하여 자식보다 낫더라고 매일 자랑하시더니, 노인의 병환이라 병환나신 하루만에

별세를 하시는데 박놀부의 안채 정간 장히 좋은 명당이라, 내 말 하고 찾아가면 반겨 허락할 것이니, 갈 길이 멀다 말고 부디 게가 장사하되, 만일 의심하거들랑 이것을 보이면 믿을 표적이 되리라고 재삼 유언하시기로, 상행(喪行)[1]으로 뫼시고서 불원천리 찾아왔다."

소매에서 능천낭을 슬그머니 내놓커늘, 놀부가 이걸 보니 송장보다 더 밉구나. 곯엎디어 설설 빌어,

"상제님 상제님, 소인 살려 주옵소서. 노생원님 하신 유언 임종시에 하셨으니 정신이 혼미하여 정신없이 하신 말씀이니, 진나라 대부 위과가 하신 말을 상제님이 모르시오? 뮛자리로 말할지라도 이 집터가 명당이면 하루 아침에 패가하겠습니까. 운이 다한 땅이오니 상행에 쓰인 경비 산 땅값을 대신 돈으로 바치올 것이니 다시 돌아가 안장하옵소서."

전답문서 저당 잡히고, 돈 삼만 냥 빚을 내어 행장꾸려 길을 떠나 보낸 연후에, 남아 있는 여섯째 통 타기로 달려드니, 제 계집이 옆에 앉아 통곡하며 만류한다.

"맙쇼 맙쇼 타지 맙쇼. 그 박씨에 쓰인 글자 갚을 보(報)자, 원수 구(仇)자, 원수 갚자 한 말이라 탈수록 망할 테니, 간신히 모은 세간 편한 꼴도 못 보고서 잡것들에게 다 뜯기네. 이럴 줄 알

1) 상여를 따르는 행렬.

았더면 시아제 굶을 적에 구원 아니 하였을까. 만일 잡것 또 나오면 이 신세에 무엇으로 감당할까. 가련한 우리 부부 목숨까지 빼앗길 테니, 기어이 타려거든 내 허리와 함께 켜소."

박통 위에 걸터 엎어져 경상도 메나리조로 한참을 울어내니, 놀부가 할 수 없어 저도 그만 파의(罷意)[1]하여,

"이내 신세 생긴 모양이 계집까지 덧내서는 정녕 굶어 죽을 터이니 여보소, 톱질꾼들 양줄 풀어 톱 치우고, 저 박통 들어다가 대문밖에 내버리소."

한참 수쇄(收刷)[2]하는 차에 천만 의외로 통 속에,

"대포수."

"예."

"개문포 세 방 쏴라."

"예."

"떵 떵 떵."

박통이 한 가운데 딱 벌어지며, 행군 호령을 똑 군대처럼 하것다.

"진군하는데 만일 앞에 수목이 막혔거든 청기를 들고, 물이나 연못으로 막혔거든 흑기를 들고, 병마에 막혔거든 백기를 들고, 산과 험한 것으로 막혔거든 황기를 들고, 불에 막혔거든 홍기를

1) 하고자 하던 의사를 버리는 것.
2) 흩어진 물건을 주워 정돈하는 것.

들고, 보는 것이 지나거든 곧 모두 거두라."

"정수(鉦手)[3]."

"예."

"악기를 연주하라."

"예."

"쨍 나니나노 퉁 꽝."

천병 백마가 물 끓듯이 나오는데 그 가운데 나오는 장수는 신장이 팔척이오, 얼굴은 먹빛 같고, 표범 머리에 고래 눈과 제비 턱, 범의 수염, 형세는 닫는 말과 같고, 황금투구 쇄자갑옷, 십오마를 높이 타고, 긴 팔에 커다란 창을 빗겨 들고, 우레 같은 큰 목소리로,

"이놈 놀부야."

박 타던 삯군들이 소리에 깜짝 놀라, 창자가 터져 죽는 놈이 여러 명이 되는구나. 놀부놈은 정신을 잃고, 박통가에 기절하여 넘어지니, 저 장수의 거동 보소. 놀부의 안채 대청이 엔간한 지휘대인 줄 알고, 말에서 내려, 승장포 세방 쏘고, 오색 기치 방위 찾아 청동백서 세워놓고, 각 영 장졸은 버티어 서서 바라를 쳐서 울려 높은 대(臺)에서 호령이 나는데,

"놀부놈 잡아들이라."

비호같은 군사들이 놀부의 고추상투 덩경 잡아들이니 대장이

주

3) 징을 치는 것.

분부하기를,

"네 죄를 헤아리면 만 번 죽어도 아깝지 않다. 내 소리 나는 대로 네 놈 죄를 물을 양이면 네가 놀라 죽겠기에 조용히 분부하니 자세히 들어보라. 한나라가 말세되어 천하가 분분할 제, 유비, 관우, 장비 세 영웅이 도원에서 결의하고 한 왕실을 다시 일으키자, 천하에 횡행하던 삼형제 중 막내되고, 오호대장 둘째 되는 탁군서 살던 성은 장이요, 이름은 비요, 자는 익덕이라 하는 용맹을 들었느냐? 내가 그 장장군이로다. 천지에 중한 의가 형제밖에 또 있느냐. 한날 한시에는 못 났어도, 한날 한시에 죽는 것이 당연한 도리인데, 네 놈은 어이하여 동기 박대를 그리하며, 날짐승 중에 사람 따르고 해 없는 게 제비로다. 내가 근본 생긴 모양, 제비 턱을 가졌기로 제비를 사랑하더니, 제비 말을 들어 본즉 생다리를 꺾었다니, 그러한 몹쓸 놈이 어디가 또 있겠느냐. 내 평생에 가진 왕성한 기운에 따를라 치면, 내게 이해득실 묻지 않고, 몹쓸 놈이 있으면 기다란 창을 쑥 빼내어 퍽 찌르는 성정인 고로, 세상에 인심을 배반한 이를 모두 죽인다는 말을 너도 혹 들었느냐? 네놈이 극악무도(極惡無道)[1]하여 동생을 쫓아내고, 제비다리 부러뜨린 죄로 너도 똑 죽이자 나왔더니, 돌이켜 생각하니 죽은 자는 다시 살아날 수 없고, 형을 받은 자는 다시 거느릴 수 없다 하니, 네

주

1) 몹시 악하고, 도리에 어긋남.

아무리 회개하여 형제우애하자 한들 목숨이 죽어지면 어쩔 수가 없겠기에 목숨을 빌려주니 이번은 개과(改過)하여 형제우애하겠느냐?"

놀부 엎드려 생각하니 불의(不義)로 모은 재물을 허망하게 다 날렸으니 징계도 쾌히 되고, 장장군의 그 성정이 독우(篤友)[2]라도 채찍질하였으니, 저 같은 천한 목숨은 파리만도 못 하지. 악한 놈에게 어진 마음은 무서워야 나는구나. 엎드려 사죄하며 울며 빈다.

"장군 분부 듣사오니, 소인의 전후 죄상은 금수만도 못 하오니, 목숨 살려 주옵시면 옛 허물을 다 고치고 군자의 본을 받아 형제간 우애하고, 이웃에 화목하여 사람 노릇 하올 테니 제발 덕분에 살려주오."

장군이 분부하기를,

"네 말이 그러하니 알기 쉬운 수가 있다. 남원이나 고금도나 우리 중형 관우씨 계신 곳에 내가 가서 모시고 있다가 네 소문을 탐지하여 개과를 하였으면 재물을 다시 주어 부자가 되게 하고, 그렇지 아니하면 바로 와서 죽일 테니, 군사나 잘 먹여 위로하라. 이제 곧 떠나겠다."

놀부가 감화되어 양식대로 밥을 짓고, 소와 닭, 개 많이 잡아

2) 아주 두터운 우애.

군사를 먹이면서 좋은 술을 연해 부어 장군 앞에 올리니 제 계집이 말려,

"애겨, 그만 합쇼. 그 장군님 술 취하면 아무 죄 없는 놈도 구타를 하신다네."

놀부가 웃으며,

"자네가 어찌 알아. 그 장군님 장한 의기는 엄안이라도 항복하게 하셨나니."

장군이 군사를 돌이키신 후에, 가산을 돌아보니 한 번 패하여 다시 일어날 수 없이 되었구나.

놀부 내외 갈 곳 없어 통곡하는데, 형이 패가망신하였다는 소식을 흥부가 듣고 급히 노복시켜 교자와 말 두 필로 놀부 내외와 조카들을 데리고 집에 와, 안방 내어 치우고 형님 내외 살게 하고 의식을 후히 내어 수시로 대접하며 날마다 위로하고, 한편으로는 좋은 터를 닦아 수만금을 아끼지 않고 집을 지어서 온갖 세간, 의복, 음식, 똑같이 갖추어 형을 살게 해 주니, 비록 놀부같은 몹쓸 놈이긴 하지만 흥부의 어진 덕에 감동하여 과거의 잘못을 뉘우치고 형제 화목하게 살았다.

도원에 남은 의기가 천고에 전하여지니, 이러한 어리석고 못난 인간, 욕심 많은 자도 청렴하고 나약한 자도 이 때에 이르러서는 백이숙제의 풍속과 같은가 한다.

독후감

길라잡이

1. 내용 훑어보기

때는 조선 후기요, 충청, 전라, 경상 삼도의 경계에 박생원의 두 아들이 살고 있었습니다. 같은 어미의 소생이었지만, 형인 놀부는 심술이 사납고 둘도 없는 악한 사람이었고, 아우인 흥부는 동기간의 우애가 독실하고 천하에 둘도 없는 착한 사람이었습니다.

어느 날 동생과 같이 살던 형 놀부는 부모에게서 물려받은 전답과 재산을 흥부에게는 밭 한 마지기, 돈 한 푼도 주지 않고 나가서 빌어먹으라고 하며 흥부를 쫓아냅니다. 흥부 가족은 하는 수 없어서 언덕 위에 움집을 짓고 들어앉았으나 앞으로 살 길이 아득하였습니다. 게다가 아이들은 해마다 낳아서 자꾸만 늘어났고, 품팔이를 해도 입에 풀칠하기 일쑤였습니다.

하루는 흥부가 도저히 배고픔과 가난을 견디지 못하여 형의 집으로 쌀을 얻으러 갑니다. 그러나 형 놀부는 동생을 거들떠보지도 않고, 결국 흥부는 온갖 욕설과 구타만 당하고 돌아옵니다.

이후 흥부 내외는 성실히 무슨 일이든 닥치는 대로 다 하였습니다. 그렇지만 아무리 품팔이를 하여도 도저히 살아갈 수가 없었습니다. 하루는 읍내에 나갔다가 이방한테서 김부자란 사람이 죄를 지어 그 벌로 볼기 서른 대를 맞게 되었는데 자기 대신 볼기를 맞아 주는 사람에게 서른 냥을 주겠다는 말을 듣습니다. 흥부는 김부자 대신에 볼기를 맞으려고 관가로 갑니다. 하지만 일이 여의치 않아 그것도 하지 못하고 말지요.

어느덧 겨울이 가고 봄이 돌아왔습니다. 강남에서 제비들이 돌아와 집을 짓느라 분주한데, 흥부집 처마에도 제비가 집을 짓고 새끼를 키웠습니다. 하루는 뱀이 제비집에 들어가 새끼를 잡아먹으려고 하자 흥부가 불쌍히 여겨 뱀을 칼로 치려 할 제, 제비 새끼 한 마리가 땅에 떨어져 다리가 부러집니다. 흥부는 제비 새끼의 다리를 당사실로 동여 잘 치료해 줍니다. 다행히 제비는 죽지 않고 살아납니다. 그 제비가 강남으로 갔다가 제비 왕에게 사실을 고하고, 흥부의 은혜를 갚아 달라고 부탁합니다. 제비 왕은 제비에게 박씨 하나를 주며 흥부에게 가져다 주라고 합니다.

이듬해 봄에 그 제비가 흥부의 집에 와서 박씨 하나를 뜰에 떨어뜨려 줍니다. 흥부는 그 박씨를 심었고, 가을이 되어 커다란 박이 많이 여뭅니다. 흥부 내외가 먹으려고 박을 하나씩 타 보니, 선약(仙藥)을 비롯하여 수많은 재물과 선녀들이 쏟아져 나옵니다. 이에 흥부는 일시에 부자가 되고, 많은 애첩과 시종들을 데리고 행복하게 살게 됩니다.

놀부는 아우 흥부가 벼락부자가 되었다는 소문을 듣고 시기와 질투를 하다가, 흥부에게 부자가 된 방법을 묻습니다. 아우의 내력을 들은 놀부는 이듬해 봄에 제비 새끼를 일부러 잡아서 다리를 부러뜨려 실로 동여 주었습니다. 제비는 그 이듬해 박씨 하나를 가져다 주며, 놀부는 그 박씨를 심고 가을이 되기를 고대합니

다. 가을이 되어 많은 박이 익었습니다. 하인을 시켜 박을 타게 하니, 첫째 박에서는 옛날 상전 할아버지가 나와 빚독촉을 하며 능천낭이라는 채울 수 없는 주머니를 가득 채워 오라고 합니다. 둘째 박에서는 줄봉사 5, 6백 명이 그 줄을 서로 잡고 꾸역꾸역 나오더니 삼천 냥을 뺏어 갑니다. 셋째 박에서는 사당패들이 나와 매 사람마다 백냥씩을 뜯어갑니다. 네째 박에서는 각설이패가 나오자 방정맞다 하여 돈을 후하게 주어 쫓아보냅니다. 다섯째 박에서는 상여꾼이 나와서 또 돈을 빼앗아 갑니다. 여섯째 박에서는 장군이 나와 군사로 놀부를 위협하고, 장군이 군사를 돌이킨 후 가산을 다 탕진하게 됩니다.

이 때 아우 흥부는 형이 패가망신하였다는 소문을 듣고, 형 내외를 자기 집으로 모시고 지성으로 섬기며, 자기 집과 똑같은 집을 지어 주어서 살게 합니다. 이에 그렇게 악독한 놀부도 잘못을 뉘우치고, 선인이 되어 형제가 화목하게 삽니다.

2. 작품 분석하기

《흥부전》은 당시 작품을 생성시키고 향유한 서민 사회의 양상을 반영하고 있고, 서민 계층의 삶과 생각을 잘 나타내고 있는 작품입니다. 《흥부전》은 이야기의 흐름상 전반부와 후반부로 크게 나누어 볼 수 있습니다. 전반부에서는 착하기는 하지만 현실적으로는 매우 가난하고 무능한 흥부와 돈에 눈이 어두워 형제간의 우애조차 저버리는 포악한 지주로서의 놀부를 대립시켜, 흥부의 고난상과 몰인정한 놀부가 부를 누리는 현실을 풍자적으로 그리고 있습니다. 그리고 후반부에서는 제비가 보은(報恩)의 박을 가져와 흥부가 부자가 되고, 놀부에게는 보수(報讎)의 박을 통하여 몰락하게 함으로써 권선징악적 교훈성을 드러내고 있습니다.

이제부터는 《흥부전》의 주제와 이 작품에 나타나는 풍자성과 해학성, 박타령과 제비의 의미 등을 좀더 깊게 알아봅시다.

작품의 주제

《흥부전》의 주제는 흔히 형제간의 우애와 권선징악이라고 말합니다. 놀부와 흥부를 한 집안 내의 형과 아우라는 관계로만 본다면 그렇게 말할 수 있습니다. 그러나 두 사람의 사이는 형제 관계를 넘어선 복합적인 면을 가지고 있습니다. 흥부와 놀부를 형제 관계로 보았을 때의 해석과 아울러 이 작품에 반영되어 있는 당시의 사회상과 연관지어서 좀더 넓게 이 작품의 주제를 살펴봐야 합니다.

이 작품의 주제를 파악하기 위해서는 먼저 작가가 등장 인물을 바라보는 시각에 주목할 필요가 있습니다. 여기서 주의할 것은 작가의 시선이 곧 그 당시 서민들의 시선이라는 점입니다.

《흥부전》은 판소리가 소설로 정착된 것이고, 판소리는 광대를 비롯하여 다수 서민들의 공동 참여로 이루어졌기 때문입니다. 그러므로 작가의 시선은 서민의 시선이 됩니다.

서민들이 흥부를 바라보는 눈길에는 무한한 동정과 공감이 어려 있고, 놀부에게는 강한 적개심을 나타내고 있습니다. 흥부는 어진 덕이 있는 사람이기에 공감을 얻고, 놀부는 부도덕한 인물이기에 규탄을 받는다고 할 수 있습니다. 그러나 작가는 흥부의 청렴 결백을 예찬만 하고 있지는 않습니다. 왜냐하면 예의나 형제간의 우애를 중히 여긴 흥부에게 사회가 그 대가로 준 것은 가난뿐이었기 때문이지요.

우리 나라는 원래 함께 생산하고 그것을 나누는, 윤리와 도덕이 가장 존중되던 사회였습니다. 그런데 조선 후기에 이르자 물질이 우선되고 더 많이 가진 자가 대접받는, 각자의 이익을 우선시하는 사회로 전환됩니다. 많이 가져야 대접받기 때문에 다른 사람과 더불어 잘 살자는 것이 아니라 혼자만 부자가 되어야 하는 것이지요. 그러자면 윤리나 도덕은 무너집니다. 이러한 상황에 윤리 도덕을 존중하는 흥부 같은 사람은 가난할 수밖에 없었습니다.

놀부가 흥부를 내쫓은 것은 조선 후기 들어서 당시의 윤리 위주의 가치관을 누르고 새롭게 물질 위주의 가치관이 팽배해져 가던 현상을 잘 보여줍니다. 더 넓게 보면, 조선 후기에 악덕 지주들이 없는 이들을 더욱 착취하여 여기저기 떠도는 유랑 농민으로 내몰

았던 사건을 상징한다고 할 수 있습니다.

또, 흥부가 제비를 구해 주고 제비는 흥부에게 은혜를 갚는 내용을 보면, 가진 것이 없고 약한 사람들끼리 서로 도움으로써 어려운 상황을 이겨 나갈 수 있다는 당시 민중들의 의지를 담고 있다고 볼 수 있습니다. 놀부는 부자이면서도 어려운 사람을 구원하지 않았습니다. 오히려 흥부는 어려운 형편에서도 제비를 구원하고 함께 살아가려고 하였고, 그렇게 함으로써 복을 받는 결과를 가져옵니다.

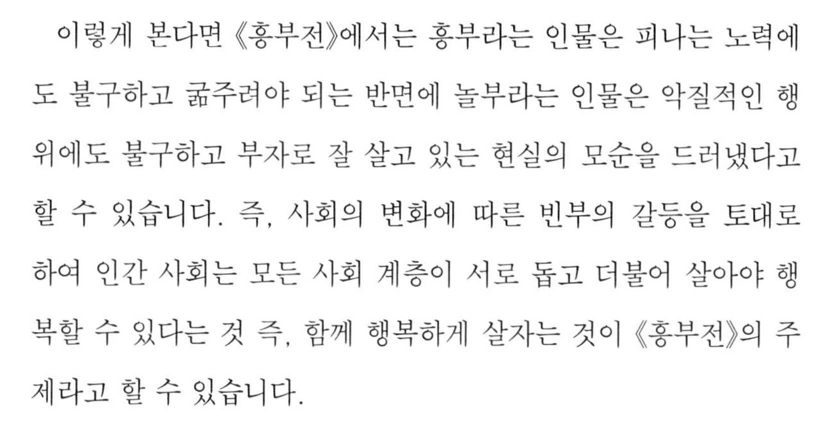

이렇게 본다면 《흥부전》에서는 흥부라는 인물은 피나는 노력에도 불구하고 굶주려야 되는 반면에 놀부라는 인물은 악질적인 행위에도 불구하고 부자로 잘 살고 있는 현실의 모순을 드러냈다고 할 수 있습니다. 즉, 사회의 변화에 따른 빈부의 갈등을 토대로 하여 인간 사회는 모든 사회 계층이 서로 돕고 더불어 살아야 행복할 수 있다는 것 즉, 함께 행복하게 살자는 것이 《흥부전》의 주제라고 할 수 있습니다.

풍자와 해학, 웃음의 의미

《흥부전》은 '웃음의 문학'이라고 할 만큼 풍자적이고 해학적인 요소가 많이 있어 웃음을 유발하게 합니다.

먼저, 《흥부전》에서는 흥부의 가난이 비극적인 것이 아니라 해학적으로 묘사되어 있고, 또 그의 행동은 웃음을 유발하고 있습니다. 해학이라는 것은 어떤 대상을 긍정하고 공감하여 동정적 웃음을 가져오는 것을 말합니다. 즉, 흥부의 처지에 공감하고, 그 처절한 가난을 함께 이기기 위하여 비극적 고난을 오히려 우스꽝스럽게 묘사하기조차 합니다. 흥부의 자식이 스무 명이 넘는다거나, 흥부의 집을 수숫대로 지은 장난감 집처럼 묘사하고 기지개를 켜면 팔다리가 울타리 밖으로 나간다고 묘사한 것도 이 때문입니다.

그러나 이 웃음에는 눈물이 섞여 있습니다. 그것은 당시 서민들의 현실입니다. 흥부와 같은 처지의 서민들은 너무도 절박한 가난을 이기기 위하여 웃음이 필요하였지만 거기에는 눈물이 섞인 공감이 포함되지 않을 수가 없었습니다. 그렇지만 이것은 심각하거나 비극적이 상황을 서민 특유의 건강한 웃음으로 극복하려는 의식의 소산이라고 할 수 있습니다.

반면에 놀부가 일부러 제비 다리를 부러뜨려 박을 얻어 그것을 하나씩 탈 때마다 재산을 잃고 몰락하는 것은 풍자의 기법으로 표현되고 있습니다. 풍자란 해학과는 달리 대상을 부정하고 공격하려는 것입니다. 즉, 놀부의 행위를 지탄하고 있는 것이지요.

풍자와 해학은 둘 다 웃음을 요건으로 합니다. 《흥부전》에서는 탐욕을 지적하고 잘못을 폭로하는 풍자적인 웃음과 이와는 달리 대상에 대하여 호의와 애정을 갖고 바라보는 해학이 놀부와 흥부라는 두 인물의 대립 관계를 통하여 형상화되고 있습니다.

《흥부전》의 웃음은 긍정과 부정이라는 해학과 풍자의 서로 다른 두 요소를 모두 갖고 있다는 점이 매우 특징적입니다.

화해의 매개자, 제비와 박

《흥부전》에서 사건의 전환을 가져오는 것은 바로 '제비'입니다. 가난한 생활을 하지만 마음씨 착한 흥부는 부러진 제비 다리를 고쳐 준 것을 계기로 부자가 됩니다. 반면에 마음씨 나쁜 놀부는 흥부를 모방하여 제비 다리를 일부러 부러뜨려 제비가 준 박 때문에 재물을 모두 잃고 망하게 됩니다.

흥부에게 가장 큰 문제는 가난한 삶입니다. 그렇기에 흥부의 가장 큰 소망은 부자가 되는 것입니다. 그것을 가능하게 해 준 것이 제비이며, 놀부를 철저하게 몰락하게 만든 것도 제비입니다. 제비는 새이지만 작품에서 흥부와 놀부를 흥하고 망하게 하는 주축이 되고 있습니다. '박'도 선과 악을 심판하는 상징적인 물건이지요.

'제비'와 '박'이라는 초현실적인 힘에 의하여 놀부는 망각하였던 도덕성을 회복하여 흥부와 화합하게 됩니다.

박타령의 의미

흥부는 현실 세계에서는 도저히 이루어질 수 없는 꿈을 박 속에서 나온 인물들을 통하여 차례차례 이룹니다.

첫째 박에서는 먹을 것에 대한 해결이 이루어지고, 청의(靑衣)

동자가 나와 질병과 죽음의 해결책인 각종 선약을 주고 갑니다. 둘째 박에서는 온갖 보물과 비단, 보석, 살림살이가 나오고, 셋째 박에서는 기와집이 생기고 남녀 종들이 나옵니다. 이처럼 흥부의 박은 서민들이 동경하는 생활에 대한 염원을 담고 있는 것이라고 할 수 있습니다.

반면에 놀부의 박 사설은 더 풍부하고 다양하게 펼쳐집니다. 놀부의 박에서는 옛날 상전, 빚을 받으러 온 걸인들, 사당패, 각설이패 등과 송장을 실은 상여, 장비 등이 나옵니다. 이들은 하나같이 놀부를 혼내 주고 재물을 빼앗기 위하여 나온 것으로, 흥부의 박과는 성격이 판이하게 다릅니다.

그렇지만 이들은 놀부를 몰락시키면서 비극적 분위기보다는 어우러져 한판 놀이판을 벌이는 모습을 보여줍니다. 이것은 완전한 몰락이나 또 다른 대립이 아닌 화합을 지향한 것이라고 할 수 있습니다.

당시의 사람들은 가난과 궁핍에서 벗어나 경제적으로 넉넉하고, 힘든 노동에서 벗어나 여유 있는 삶을 살고, 사회적으로도 차별받지 않는 삶을 꿈꾸었는지도 모릅니다. 그러나 그 꿈이 현실적으로는 해결되기 힘든 것을 알고 흥부의 박을 통하여 보상 심리를 느끼고자 한 것입니다.

3. 등장 인물 알기

흥부 선량하고 정직하며 우애와 신의가 있는 인물로, 당시 토지가 없는 농촌 빈민을 상징하는 인물입니다. 주어진 현실을 운명처럼 받아들이는 수동적인 삶의 자세를 보이기도 합니다. 그렇지만 자신의 어려움에 굴하지 않고 착한 마음을 버리지 않으며, 다른 사람을 도와주려고 합니다. 그리고 잘못을 저지른 형을 너그럽게 감싸 안는 너그러움도 갖고 있습니다.

흥부처 흥부와 같이 선량하지만 흥부보다는 현실에 대한 인식이 빠르고 가난한 생활을 이겨내고자 하는 현실적인 인물입니다.

놀부 흥부의 형이지만 재산에 눈이 멀어 형제간의 우애를 저버린 인물입니다. 자신의 이익을 위해서라면 수단과 방법을 가리지 않고 이를 얻고 지킵니다. 그렇지만 결국 그런 심성 때문에 벌을 받게 됩니다.

놀부처 놀부와 같은 성격의 인물로, 역시 재산에 눈이 멀어 흥부 내외를 모른 체하고 돕지도 않는 욕심의 소유자입니다.

4. 배경설화 알아보기

《흥부전》은 '방이 설화', '박타는 처녀'와 같은 설화가 판소리를 거쳐 정착된 소설입니다. 이 두 개의 근원 설화에 나타나는 선과 악의 대립, 보은과 보수, 행위의 모방 등이 《흥부전》에도 수용되어 나타나고 있습니다.

두 개의 설화를 읽으면서 《흥부전》에는 어떻게 반영되고 있는지 살펴봅시다.

▌방이 설화▐

방이 설화는 일명 금추 설화(金錐說話)라고도 합니다.

신라 시대에 방이 형제가 살았는데, 형인 방이는 몹시 가난하여 구걸을 하며 살았고, 동생은 부자였습니다. 어느 해인가 방이가 동생에게 누에와 곡식 종자를 구걸하였는데, 심술이 사납고 포악한 아우는 누에알과 종자를 삶아서 주었습니다. 이를 모르는 형은 누에를 열심히 치고 씨앗도 뿌려 잘 가꾸었습니다. 알 중에서 누에 한 마리가 생겨나더니 황소만큼 커졌습니다. 질투가 난 동생이 와서 누에를 죽였지만 사방의 누에가 모두 모여들어 실을 켜 주어서 형은 누에 왕이 되었습니다. 또한 종자에서도 이삭이 하나만 나와 한 자가 넘게 자랐는데, 어느 날 새 한 마리가 날아와 이삭을 물고 달아나자 방이는 새를 좇아 산으로 들어갔습니다. 그곳에서 밤을 맞은 방이는 난데없는 아이들이 나타나 금방망이를 꺼내어 돌을 두드리니 원하는 대로 음식이 쏟아져 나오는 것을 보게 됩니다. 그는 숨어 있다가 아이들이 헤어진 후 놓고 간

방망이를 주워 돌아와 아우보다 더 큰 부자가 되었습니다. 심술이 난 아우도 형처럼 행동하여 새를 따라가 아이들을 만나게 되었습니다. 그러나 아이들에게 금방망이를 훔쳐 간 도둑으로 몰려 연못을 파는 벌을 받고 코끼리처럼 코를 뽑힌 후에 돌아오고 맙니다. 집으로 돌아와 그는 부끄러움을 참지 못하고 속을 태우다가 죽고 말았다고 합니다. 그리고 방망이는 후손에게 전해졌는데, 어느 후손이 "이리 똥 내놓아라."고 희롱하였더니 갑자기 벼락이 치며 어디론지 사라지고 말았습니다.

신라 사람 방이에 대한 설화로, 형과 동생 사이의 갈등을 통하여 권선징악을 보여주고 있습니다.

박타는 처녀

박타는 처녀는 몽고 설화입니다. 일설에 의하면, 원대(元代)에 몽고에 귀화한 고려 여성들을 통하여 우리 나라로 전해졌다고 합니다.

옛날 어느 처녀가 바느질을 하다가 처마 끝에 집을 짓고 살던 제비 한 마리가 땅에 떨어져 다리가 부러져 날지 못하는 것을 보고 불쌍히 여겨 실로 다리를 동여매 주었습니다. 이에 그 제비가 살아났습니다. 이듬해 그 제비는 강남에서 박씨 하나를 가져다가 처녀의 집 뜰에 떨어뜨렸습니다. 처녀가 박씨를 심었더니 가을이 되어 커다란 박이 하나 열렸습니다. 그 박을 타 보니 온갖 보화가 쏟아져 나왔습니다. 이로 인하여 그 처녀는 매우 큰 부자가 되었습니다. 이웃집에 사는 심술궂은 처녀가 이 말을 듣고 자기 집에 가서 제비를 잡아다가 일부러 다리를 부러뜨려 실로 동여맸습니다. 역시 제비는 이듬해 박씨를 가져다 주었습니다. 그 처녀는 좋아하며 박씨를 심고 가을이 되기를 기다렸더니 큰 박이 하나 열렸습니다. 따서 타 보니 수많은 독사가 나와 그 처녀를 물어 죽였다는 이야기입니다.

5. 시대와 연관짓기

이 작품의 배경이 되는 시대는 조선 후기입니다. 임진왜란과 병자호란을 거치면서 조선 사회는 많은 혼란을 겪습니다. 엄격한 신분 제도는 혼란을 일으키기 시작하였고, 그러한 사회적 혼란을 틈타 탐관오리들이 날뛰었습니다. 일반 백성들은 흥부처럼 집을 잃고 떠돌거나 심지어는 관의 매를 대신 맞아 주고 품값을 받아 살아갈 정도였으니, 결코 《흥부전》에 나타난 가난한 생활상보다 덜하지 않았다고 합니다.

조선 사회가 17, 18세기에 들어와 겪은 격렬한 사회적 · 경제적 변화를 대략 살펴보면 다음과 같습니다.

임진왜란으로 파괴된 농업 생산 기반 위에서 농민들은 보다 많은 수확을 거두기 위하여 정부의 금지에도 불구하고 논에서 이앙법(移秧法 : 모내기법)으로 농사를 짓기 시작하였고, 삼남 지방에서는 매우 빠른 속도로 이앙법이 보급되었습니다. 그러나 이앙법의 보급에 따른 생산성 향상에도 불구하고 경작지의 감소, 전쟁 후의 인구 증가, 그리고 무엇보다도 전통적인 자녀 균분 상속제에 의한 토지 분할은 농민의 생활을 어렵게 하였습니다. 결국 상속 제도는 장자 우대 상속제로 전환되고 새로운 생산성 향상의 길이 모색되기 시작하였습니다. 조선 초기 이래 지속적으로 집약화의 길을 걸어온 농업은 이제 집약화의 한계 국면에 도달한 것입니다. 집약적 농법이 완성 단계에 이르자, 병작 반수제(竝作半收制)의 도입과 확산은 당연하였고, 병작제(竝作制)의 일반화는 노비 제도의 해체로 이어졌습니다.

이러한 변동 속에서 엄격하였던 신분제는 동요하게 됩니다. 이전까지는 타고난 계급의 높고 낮음에 따라 사회적 신분이 결정되었지만, 이제는 빈부에 따라 신분이 결정되는 시대로 변하여, 양반층도 몰락하는 경우가 많았습니다.

또한 농민층이 분화되었습니다. 농민층의 분화는 농촌에서 토지 소유의 집중화 현상과 토지 경영의 집중화 현상이 일어나면서 시작되었습니다. 양반 관료들은 고리대를 매개로 한 토지 매입과 신전 개발을 통하여 토지 집적, 유통 경제를 적극적으로 활용하여 방납과 무역 및 장시 등을 이용하면서 부를 집적하여 지주로

서의 경제적 기반을 다져 나갔습니다. 상인과 고리대에 바탕을 둔 지주제도 성장합니다. 그리하여 농민층의 일부분은 부농층으로 성장하였습니다. 하지만 다수의 농민들은 빈농층이나 무전 농민층으로 몰락하였습니다. 흥부와 놀부가 이러한 사회 현실을 대변하고 있는 인물이지요.

이러한 현실의 변화에 발맞추어 지식인들은 새로운 생산성 향상의 길을 모색하는 한편, 병자호란이 가져온 사상적 위기 국면에도 대처하고자 하는 움직임도 생겨납니다. 그 중 하나가 바로 실학 사상입니다.

《흥부전》은 이러한 시대에, 서민층에 의하여 만들어졌기 때문에 빈농이 되어 가난하게 살았던 서민들의 생활상이 반영되어 있습니다.

흥부의 갖은 고생을 보면서 당시의 사람들은 하루 끼니를 이어가기 어려웠던 자신들을 생각하였을 것이고, 놀부를 보면서 탐욕에 가득 차 광에서 곡식이 썩어 가는데도 백성들의 재산을 빼앗는 데에만 혈안이 되어 있었던 양반 지배층을 생각하였을 것입니다. 흥부에게 자신들의 평생 소망을 담았고, 놀부의 패배에서 통쾌함과 기쁨을 얻고자 한 것입니다. 그러나 거기서 끝나지 않고 흥부가 놀부를 끌어안음으로써 대립을 해소하고 화해하는 데까지 나아가 한층 더 수준 높게 마무리 짓고 있습니다.

6. 작품 토론하기

1 《흥부전》은 우리 나라의 대표적인 고전 소설입니다. 더 정확히 말하자면, 박타령 → 흥부가 → 흥부전 → 연의 각 등으로 끊임없이 재생산되는 민중 문학이라고 할 수 있습니다. 《흥부전》을 비롯하여 현대 사회에서 동서 고금의 고전이 재해석되거나 재창조되는 이유와 그 의미에 대해서 생각해 봅시다.

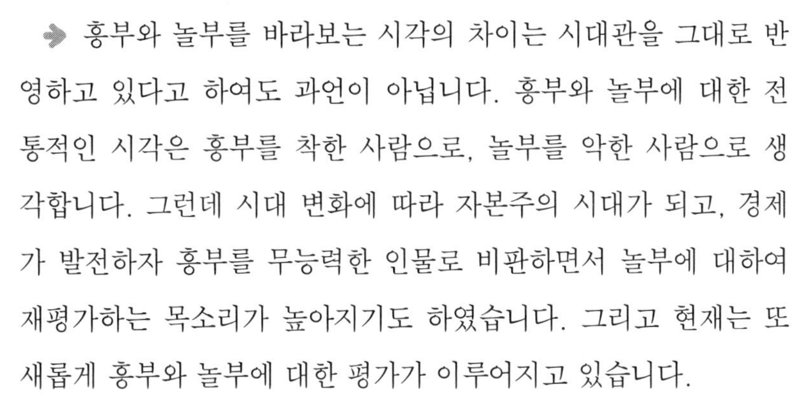

➔ 흥부와 놀부를 바라보는 시각의 차이는 시대관을 그대로 반영하고 있다고 하여도 과언이 아닙니다. 흥부와 놀부에 대한 전통적인 시각은 흥부를 착한 사람으로, 놀부를 악한 사람으로 생각합니다. 그런데 시대 변화에 따라 자본주의 시대가 되고, 경제가 발전하자 흥부를 무능력한 인물로 비판하면서 놀부에 대하여 재평가하는 목소리가 높아지기도 하였습니다. 그리고 현재는 또 새롭게 흥부와 놀부에 대한 평가가 이루어지고 있습니다.

또한 《흥부전》이 지금까지도 패러디 되거나 재창조되는 것을 볼 수 있습니다. 이것은 고전이 현대를 사는 우리에게 오늘의 반성과 미래의 전망을 가능하게 하는 지혜를 담고 있기 때문이며, 시대와 지역을 뛰어넘는 생명력을 갖고 있기 때문이라고 할 수 있다. 즉, 지금 이곳 우리가 살아가는 현재의 문제를 새롭게 인식할 수 있게 해 주는 현재적 가치를 지니고 있기 때문입니다.

2 우리의 문학 작품 중에는 웃음을 통하여 인생살이를 풀어내는 작품이 적지 않습니다. 《흥부전》의 흥부는 동정과 웃음을 동시에 일으키기 알맞은 인물입니다. 흥부에게서 느끼는 해학과 놀부에 대한 풍자가 엇갈리도록 하면서, 그 두 인물 중에서 누가 옳은가에 대한 평가를 심각한 문제로 제기합니다.
《흥부전》에 나타난 해학성에 대하여 이야기해 봅시다.

➔ 《흥부전》은 토속적인 어휘와 과장된 표현을 통한 해학성이 매우 뛰어난 작품입니다. 흥부의 가난, 슬픔, 놀부에 대한 복수 등 모든 인간 생활상을 웃음으로 감싸고 있음을 볼 수 있습니다. 흥부의 고생스러운 생활 모습과 서러움과 같은 비참한 상황이 당시 사회상을 생각해 보면, 비극적으로 그려질 수도 있었을 것입니다.

그렇지만 《흥부전》에서는 매우 해학적으로 묘사되고 있습니다. 놀부의 몰락 과정이나 생활 모습 또한 웃음을 유발하지만 흥부에 대한 동정적인 시선과는 조금 다르지요. 놀부의 못된 마음씨를 공격하고 비판하는 풍자의 기법을 사용한 것입니다. 특히 놀부에게 내쫓긴 흥부가 자신의 신세를 한탄하는 장면에서는 탐욕스러운 놀부와 순종적인 흥부의 심성이 극명하게 대조, 과장됨으로써 풍부한 해학미를 제공합니다. 《흥부전》의 해학성은 당시의 비극적인 생활상을 서민 특유의 웃음으로 극복하려는 한 방식이라는 점에서 중요한 의미를 지닙니다.

7. 독후감 예시하기

‖ 독후감 1 ‖ 흥부를 그리워하며

어린 시절 할머니 할아버지로부터 흥부와 놀부 이야기를 들을 때만 해도 흥부는 선한 인물이고 놀부는 악한 인물이었다. 이야기의 마지막에는 늘 '흥부처럼 한결같이 마음을 곱게 써야 한다.' 라는 어른들의 한마디가 붙어 다녔던 것 같다.

그렇지만 요즘 흥부와 놀부에 대한 해석은 예전 같지 않다. 오히려 흥부가 비판받고 놀부 손을 들어주는 사람들도 있다. 가끔 방송이나 친구들, 어른들 사이에서 《흥부전》 이야기가 거론될 때면 흥부의 삶의 태도를 비판하고 놀부를 긍정하거나 칭찬하는 것을 볼 수 있다.

흥부는 마음씨가 착하기는 하지만 비현실적이고 소극적인 생활 태도를 보인다. 하지만 놀부는 남을 짓밟고 이익을 얻으려 하며, 재산을 위해서는 형제까지 내치는 부도덕한 인간형이다. 그런데 흥부를 비판하는 사람들은 흥부가 식구도 많으면서 소비하는 만큼 일을 하지 못하였기 때문에 놀부에게 쫓겨난 것이며, 삶의 대책도 없는 무능력한 사람이라고 말한다. 또는 놀부의 냉대가 흥부에게 자립 정신을 불러일으켰다고 이야기하기도 한다. 그리고 부자가 되기 위한 노력과 의지는 나태한 사람들에게 모범적일 수 있다는 것이다.

홍부와 놀부에 대한 분분한 평가들은 시대관을 반영하고 사람들이 지향하는 가치관을 그대로 담고 있다는 생각이 든다. 좀더 능률적으로 재산을 축적하고 경제 발전을 이루는 것이 하나의 국가적 목표였던 우리 나라 1960, 1970년대 그리고 지금도 나의 이익이나 성공이 최고의 목표라고 생각하는 사람들이 있다면 아마 놀부의 손을 들어 줄 것이다. 자본주의 시대인 오늘날도 그렇다. 자본주의의 경제 원리로만 본다면 흥부는 그저 무책임한 가장이며, 무능력자 이상도 이하도 아니다. 대신 놀부는 자본주의에 능동적으로 대응하는 긍정적 인간형이 될 수 있다.

놀부는 현대에도 여기저기에서 발견할 수 있다. 공해 방지 시설을 갖추는 데 드는 비용을 줄이기 위해서 장마철에 몰래 산업 폐수를 흘려 보내는 기업주나, 콩나물을 보기 좋게 기르기 위해 농약을 치는 사람들, 기술 투자를 통한 신기술의 개발보다는 땅투기로 손쉬운 이익만을 챙기려는 사람들, 대규모의 살인 무기를 만들어 팔면서도 입으로는 평화를 부르짖는 사람들, 이들이 바로 현대의 놀부들이다. 문제는 이런 현대판 놀부들이 점점 더 늘어나고 있다는 데 있다.

그래서 나는 더욱 흥부가 그리워진다. 흥부처럼 어려워도 더 불쌍한 처지에 있는 사람들을 도울 수 있는 따뜻한 인간애를 지닌 사람들이 그리워진다. 지금 우리의 모습을 돌아보자. 우리 모두 놀부가 되려고 하지는 않았는지, 그래서 부도덕한 행동을 하거나 갈등을 발생시키지는 않았는지 말이다. 많은 사람들이 과열된 경쟁에서 승리자가 되기 위하여 이기는 방법만을 생각하였고, 그 결과 '나' 하나만이 존재할 뿐 타인은 무시한 채 살았는지도 모른다.

오늘날 따뜻한 인간애와 나눔의 정신, 근면과 성실을 가진 흥부의 모습이야말로 우리가 지향하여야 할 인간상이 아닐까.

▌독후감 2 ▌ 새롭게 해석하는 《흥부전》

《흥부전》은 엄마 품에서부터 중학교에 다니는 지금까지 부모님이 즐겨 읽어 주시던 소설이다. 아마 '착한 일을 하면 복을 받고 악한 일을 하면 벌을 받는다.'는 내용이 나에게 도움이 되리라 여겨 그랬나 보다.

하지만 '그 사람 흥부 같다.'는 말은 오늘날 부정적인 뜻으로도 쓰이고 있다. '그 사람 흥부 같다.'는 말은 세상 물정도 모르고 멍청한 사람이라는 의미로 받아들이고 있으니 말이다. 아울러 놀부는 실리가 빠르고 능동적인 사람으로 바뀌어 대접받고 있기도 하다. 그러고 보면 아무리 같은 내용이라도 세상이 변하면 그 의미도 변하는가 보다.

그런데 그 의미가 바뀌었다는 것은 무엇을 의미할까? 그것은 결국 화합을 강조한 옛날과는 달리 경제적인 면이 강조되는 현실이 그렇게 만든 것은 아닐까. 그렇다고 흥부의 삶의 자세가 모두 잘못되거나 놀부의 태도가 완전히 뒤바뀌어 버린 것은 아닐 것이

다. 다만 홍부는 착하고 놀부는 악덕한 형이라는 관점에서 벗어나 홍부가 지닌 무능력함과 놀부가 지닌 경제성을 살려 보자는 의도가 점점 강조되다가 마침내 본래의 뜻에서 벗어난 것이라 보여진다.

그러면 문제의 해답은 어느 정도 보이지 않을까. 오늘날 우리는 홍부의 마음만은 여전히 지닐 필요가 있다. 그것은 인간이라면 당연히 지녀야 할 것이기 때문이다. 하지만 놀부의 경제적인 면은 다시 한번 생각해 봐야 한다. 홍부의 삶은 수동적이고 자기 방어적인 경향이 강한 면을 지니고 있다. 이는 현대를 사는 사람들에게는 피해를 입기 가장 쉬운 타입이다. 여기에서 벗어나 놀부가 지닌 면을 곁들이면 좋지 않을까.

흔히 미국이 오늘날과 같은 발전을 이룬 것은 합리주의와 실용주의적인 사고 때문이라고 한다. 현대 사회가 원하는 것도 합리주의와 실용주의적인 사고를 지닌 사람이다. 자기 삶을 개척하려는 의지 없이 살아가는 홍부는 현대 사회에서 생활할 수 없다. 아니 스스로 도태될지도 모른다. 제비 다리를 고쳐 줌으로써 부자가 된다는 설정 역시 오늘날에는 바랄 수 없다. 시대가 변화함에 따라 그 사회가 요구하는 이상적인 인간상 역시 변화하기 마련이다.

물론 홍부와 놀부가 지닌 원래의 심성만은 변하지 않는다. 다만, 시대에 따라 그들의 성격과 태도가 읽는 사람에 따라 달라지고 그것이 문화가 되기도 한다. 그렇다면 《홍부전》을 보는 오늘날의 문화는 어떤가? 이미 앞에서 말한 것처럼 흥부의 우애보다는 놀부의 실리를 앞세운다. 하지만 그 실리는 남을 업신여기는 것이 아니라, 합리주의와 실용주의를 따르는 실리를 말한다.

지금 내가 《흥부전》을 통해 바라본 세계는 놀부의 합리주의와 실용주의를 통하여 세상살이를 새롭게 보자는 것이다. 그리고 단순히 있는 그대로 받아들이는 것이 아니라 그것을 조금은 비틀어 보는 것도 중요한 자세라고 여겨진다.

중학생이 보는

ONGGOJIP ONGGOJIP

옹고집전

작품 알고 들어가기

만약 여러분과 똑같이 생긴 누군가가 나타나 마치 당신인양 행세한다면 어떠시겠어요? 그 사람이 진짜 당신인 줄 알고 모두들 그를 사랑하고 아끼는 반면 당신을 쫓아낸다면 어떨까요? 당황스럽고 화가 나기도 하지만 많이 서글플거예요. 그리고 왜 나에게 이런 일이 일어났을까 대상 모르는 누군가를 원망해 보기도 하고 내가 벌받은 건 아닐까 하는 생각에 과거를 후회하기도 할거예요.

그런데 정말 심술궂은 성격 때문에 이렇게 벌을 받은 사람이 있다는군요. 성은 옹가요, 이름은 고집이라는 사람인데 어찌나 성격이 고약했는지 욕심이 많고 다른 사람 잘 되는 건 못 보는 심술쟁이였대요. 그러다가 결국은 벌을 받았어요.

《옹고집전》은 누가 지은 것인지 아무도 모른답니다. 판소리로 가창되어 내려오던 것이 소설로 다시 씌어져 읽혀지고 있는 것이지요. 판소리가 어떤 것인지는 알고 계시죠? 광대 한 명이 고수

한 명의 장단에 맞추어 일정한 내용을 창 형식으로 노래도 부르고 몸짓도 하는 민속 예술형태의 한 갈래예요. 판소리의 발생기는 조선 숙종 무렵인데, 이때 민간 경제가 발전하면서 평민들도 문학 활동에 참여하는 경우가 많아졌답니다.

판소리는 《춘향가》, 《심청가》, 《흥부가》. 《토별가》, 《적벽가》, 《장끼타령》, 《변강쇠타령》, 《무숙이타령》, 《배비장타령》, 《강릉매화타령》, 《숙영낭자전》, 《옹고집타령》 등 무당의 12굿처럼 12마당으로 이루어졌었는데, 지금은 《춘향가》, 《심청가》, 《박타령》, 《수궁가》, 《적벽가》 등 다섯 마당만이 전하고 있어요. 나머지는 《옹고집전》처럼 소설의 모습으로 우리에게 알려졌답니다.

가짜 옹고집과 진짜 옹고집의 한판승이 어찌 되었는지 궁금하지 않으세요?

그럼, 우리 한번 옹고집이라는 사람을 만나보러 갈까요.

옹고집전

옹달 우물과 옹연못이 있는 옹진골 옹당촌에 한 사람이 살았으니, 성은 옹(雍)가요, 이름은 고집(固執)이었다.

성벽이 고약하여 풍년이 드는 것을 싫어하고, 심술이 맹랑하여 매사를 고집으로 하였다.

살림 형편을 살펴보건대, 석숭[1]의 재물이나 도주공[2]의 드날린 이름이나 위세를 부러워하지 않을 만하였다.

앞뜰에는 곡식이 쌓여 있고 뒤뜰에는 담장이 높직한데, 울 밑으로는 석가산[3]이 우뚝하다. 석가산 위에 아담한 초당을 지었는데,

1) 중국 진나라 때의 부호이며 문장가.
2) 범여의 별칭. 월나라의 재상이었으며 제나라에서 부자가 됨.
3) 정원 가운데에 돌을 쌓아서 조그마하게 만든 산.

네 귀에 풍경이 달렸으니 바람 따라 쟁그렁 맑은 소리 들려오며, 연못 속의 금붕어는 물결 따라 뛰놀았다. 동편 뜨락 모란꽃은 봉오리가 반만 벌어지고, 왜철쭉과 진달래는 활짝 피었더니 춘삼월 모진 바람에 모두 떨어졌으되, 서편 뜨락 앵두꽃은 담장 안에 곱게 피고, 영산홍 자산홍은 바야흐로 한창이요, 매화꽃도 복사꽃도 철을 따라 만발하니 사랑치레가 찬란하였다.

팔작집[4] 기와 지붕에 마루는 어간대청(御間大廳)[5] 삼층 난간이 둘려 있고, 세살창[6]의 들장지와 영창(映窓)[7]에는 안팎걸쇠, 구리로 된 돌쩌귀가 달려 있고, 쌍룡을 새긴 손잡이는 채색도 곱게 허공중에 들떠 있다. 방 안을 들여다 보니 별앓닫이[8]에 팔첩 병풍이요, 한쪽으로 놋요강, 놋대야를 밀쳐놓았다.

며늘아기는 명주 짜고 딸아기는 수놓으며, 곰배팔이 머슴놈은 삿자리 엮고 앉은뱅이 머슴놈은 방아찧기 바쁘거니와, 팔십당년 늙은 모친은 병들어 누워 있거늘 불효막심 옹고집은 닭 한 마리, 약 한 첩도 봉양을 아니 하고, 조반석죽(朝飯夕粥)[9] 겨우 바쳐 남의 구설만 틀어막고 있었다.

주

4) 지붕 네 귀에 모두 추녀를 단 집.
5) 방과 방 사이에 있는 대청.
6) 창살이 매우 가는 창문.
7) 방을 밝게 하기 위하여 방과 마루 사이에 내는 두 쪽으로 된 미닫이.
8) 별도로 댄 앞닫이. 여기서는 병풍에서 접는 부분.
9) 아침에는 밥을, 저녁에는 죽을 먹는다는 뜻으로 빈곤한 살림을 뜻함.

불기 없는 냉돌방에 홀로 누운 늙은 어미 섧게 울며 탄식하기를,

"너를 낳아 길러 낼 제 애지중지 보살피며, 보옥같이 사랑하여 어루만지며 하는 말이 '은자동아, 금자동아, 고이 자란 백옥동아, 천지만물 일월동아, 아국사랑 간간동아, 하늘같이 어질거라, 땅같이 너릅거라! 금을 준들 너를 사며 은을 준들 너를 사랴? 천생인간 무가보(無價寶)[1]는 너 하나뿐이로다.' 이같이 사랑하며 너 하나를 키웠거늘, 천지간에 이러한 어미 공을 네 어찌 모르느냐? 옛날에 효자 왕상이[2]는 얼음 속의 잉어를 낚아다가 병든 모친 봉양하였거늘, 그렇지는 못할망정 불효는 면하렷다."

불측한 고집이놈, 어미 말에 대꾸하되,

"진시황 같은 이도 만리장성 쌓아 놓고, 아방궁을 이룩하여 삼천 궁녀 옆에 두고 천년만년 살겠다고 하더니, 그도 또한 이 산에 일개 무덤 속에 죽어 있고, 백전백승 초패왕도 오강(烏江)에서 자결하였고, 안연 같은 현학사(賢學士)도 불과 삼십 세에 요절하였거늘 오래 살아 무엇하리? 옛글에 이르기를 '인간 칠십 고래희(古來稀)[3]라' 하였으니, 팔십이 된 우리 모친 오래 산들 쓸데없데. 오래 살면 욕심이 많아진다 하니, 우리 모친 그 뉘라서 단명

주

1) 하늘에서 사는 인간처럼 너무 귀중하여 값을 매길 수 없음.
2) 진나라의 이름 난 효자로, 어머니가 잉어를 먹고 싶어하자 겨울에 얼음을 깨고 잉어를 잡아옴.
3) 70살까지 사는 일이 드묾.

하랴? 도척[4]같이 몹쓸 놈도 천추에 유명하거늘, 어찌 나를 시비하리요?"

이 놈의 심사 이러한 가운데에, 또한 불교를 업신여겨 허물 없는 중을 보면, 결박하고 귀 뚫기와 어깨 타고 뜸질하기가 일쑤였다. 이 놈의 심보가 이러하니, 옹가집 근처에는 동냥중도 얼씬도 못 하였다.

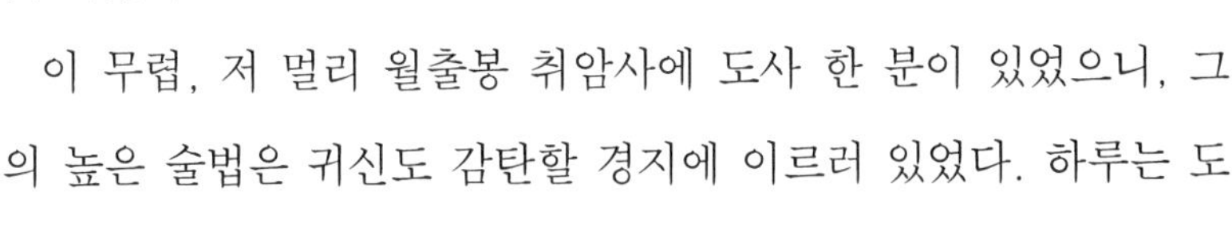

이 무렵, 저 멀리 월출봉 취암사에 도사 한 분이 있었으니, 그의 높은 술법은 귀신도 감탄할 경지에 이르러 있었다. 하루는 도사가 학대사를 불러 이르기를,

"내 듣건대, 옹당촌에 옹좌수(雍座首)라 하는 놈이 불도를 업신여겨 중을 보면 원수같이 군다 하니, 네 그 놈을 찾아가서 책망하고 돌아오라."

분부 받고 학대사는 나섰것다. 헌 굴갓[5] 눌러쓰고, 마의장삼(麻衣長衫)[6] 걸쳐 입고, 백팔염주 목에 걸고 육환장(六環杖)[7]을 거머짚고 허위적허위적 내려오니, 계화(桂花)는 활짝 피고 산새는 슬피 울며 가는 길을 재촉한다.

노을진 석양녘에 옹가집에 다다르니, 어간대청 너른 집에 네 귀

4) 중국 춘추 시대의 모진 도둑.
5) 직책을 가진 중들이 쓰는 대나무 갓.
6) 검은 베로 길이가 길고 소매를 넓게 만든 승려의 웃옷.
7) 승려가 짚는 지팡이.

에 풍경 달고, 안팎 중문 솟을대문이 좌우로 활짝 열렸기에 목탁을 딱딱 치며 권선문[1]을 펼쳐 놓고 염불로 배례할 제,

"천수천안 관자재보살, 주상전하 만만세, 왕비전하 수만세, 시주 많이 하옵시면 극락 세계로 가오리다. 아미타불 관세음보살……."

중문에 기대어서 이 광경을 보던 할미종이 넌지시 이르는 말이,

"노장 노장, 여보 노장, 소문도 못 들었소? 우리 댁 좌수님이 춘곤(春困)[2]을 못 이기사 초당에서 낮잠이 드셨으매, 만일 잠을 깰라치면 동냥은 고사하고 귀 뚫리고 갈 것이니 어서 바삐 돌아가소."

학대사가 대답하되,

"고루거각(高樓巨閣)[3] 큰 집에서 설마 중의 대접을 그렇게 할까? 악덕을 쌓은 집에는 반드시 재앙이 따르고, 선을 쌓은 집엔 반드시 좋은 일이 있으리라 이르나이다. 소승은 영암 월출봉 취암사에 사옵는데, 법당이 퇴락하여 천리길 멀다 않고 귀댁에 왔사오니 황금으로 일천 냥만 시주를 하옵소서."

합장 배례하고 다시 목탁을 두드리니, 옹좌수 벌떡 일어나 밀창문을 드르르 밀치면서,

"어찌 그리 요란하냐?"

1) 불가에서 축수를 드릴 때 읽는 독경.
2) 봄날에 느끼는 나른한 기운.
3) 높고 큰 다락집.

종놈이 조심조심 여쭈기를,

"문밖에 중이 와서 동냥 달라 하나이다."

옹좌수 발칵 화를 내어 성난 눈알 부라리며 소리질러 꾸짖기를,

"괘씸하다 이 중놈아! 시주하면 어쩐다냐?"

학대사는 이 말 듣고 육환장을 눈 위로 높이 들어 합장 배례로 대답하기를,

"황금으로 일천 냥만 시주하옵시면, 소승이 절에 가서 수륙제(水陸祭)[4]를 올릴 적에, 아무 면 아무 촌 아무개라 외우면서 축원을 드리오면 소원대로 되나이다."

옹좌수가 쏘아붙이되,

"허허, 네놈 말이 가소롭다! 하늘이 만백성을 마련할 제, 부귀빈천, 자손유무, 복불복(福不福)을 분별하여 내셨거늘, 네 말대로 한다면 가난할 이 뉘 있으며, 자식 없는 이 뉘 있으리? 속세에서 일러오는 인정 마른 중이렷다! 네놈 마음 고약하여 부모 은혜 배반하고, 머리 깎고 중이 되어 부처님의 제자인 양, 아미타불 거짓 공부하는 듯이 어른 보면 동냥 달라, 아이 보면 가자 하니, 불충불효 아주 크며, 불측한 네 행실을 내 이미 알았으니 동냥 주어 무엇하리?"

학대사는 다시금 합장 배례하며 공손히 하는 말이,

4) 불교에서 물과 육지의 잡귀를 위해 재를 올리며 경문을 읽는 일.

"청룡사에 축원 올려 만고영웅 소대성을 낳아 갈충보국(竭忠報國)[1]하였으며, 천수경 공부 고집하여 주상전하 만수무강하옵기를 조석으로 발원하니, 이 어찌 갈충보국 아니오며, 부모보은 아니리까? 그런 말씀 아예 마옵소서."

옹좌수 하는 말이,

"네 무엇을 배웠기로 그렇듯 말하느냐? 지식이 있을진대 나의 관상 보아다고."

학대사가 일러 주되,

"좌수님의 상을 살피건대, 눈썹이 길고 미간이 넓으시니 성세(聲勢)[2]는 드날리되, 누당이 곤하시니 자손이 부족하고, 면상이 좁으시니 남의 말을 아니 듣고, 수족이 작으시니 횡사(橫死)[3]도 할 듯하고, 말년에 상한병(傷寒病)[4]을 얻어 고생하다 죽사오리다."

이 말을 듣고 성난 옹좌수가 종놈들을 소리쳐 불렀다.

"돌쇠, 뭉치, 깡쇠야! 저 중놈을 잡아내라!"

종놈들이 일시에 달려들어 굴갓을 벗겨던지고 학대사를 휘휘 휘둘러 돌위에 내동댕이치니 옹좌수가 호령하되,

"미련한 중놈아! 들어 보라. 진도남 같은 이도 중을 불가(不可)

1) 충성을 다하여 나라의 은혜에 보답함.
2) 명성과 위세.
3) 뜻밖의 재앙을 당하여 죽는 것.
4) 추위로 인해 생기는 병으로 감기, 폐렴 등.

하다 하고서 운림처사(雲林處士)[5] 되었거늘, 너 같은 중놈이 거짓 불도 핑계하여 남의 전곡(錢穀)[6] 턱없이 달라 하니, 너 같은 놈 그저 두지 못하렷다!"

종놈 시켜 중을 눌러 잡고, 꼬챙이로 귀를 뚫고 태장(笞杖)[7] 삼십대를 호되게 내리쳐서 내쫓았다. 그러나 학대사는 술법이 높은지라, 까딱없이 돌아서서 사문(寺門)[8]에 들어서니 여러 중이 내달아 영접하여 연고를 캐물으니, 학대사는 태연자약하게

"이러저러하였노라."

중 하나가 썩 나서며,

"스승의 높은 술법으로 염라대왕께 전갈하여 강림도령(降臨道令) 차사(差使)[9]놓아 옹고집을 잡아다가 지옥 속에 엄히 넣고, 세상에 영영 나지 못하게 하옵소서."

학대사는 대답하되,

"그것은 불가하다."

다른 중이 나서면서,

"그러하오면 해동청 보라매 되어 청천운간(靑天雲間)[10] 높이

주

5) 자연 속에 파묻혀 사는 선비.
6) 돈과 곡식.
7) 매와 곤장으로 볼기를 치는 형벌.
8) 절의 문.
9) 염라대왕의 명을 받고 이승에 오는 사자.
10) 푸른 하늘의 구름 사이.

떠서 서산에 머물다가 날쌔게 달려들어, 옹가놈 대갈통을 두 발로 덥썩 쥐고 두 눈알을 꼭지 떨어진 수박 파듯 하사이다."

"아서라, 아서라! 그것도 못하겠다."

또 한 중이 썩 나서며,

"그러하오면 만첩청산(萬疊靑山)[1] 맹호 되어 야심경 깊은 밤에 담장을 넘어들어 옹가놈을 물어다가, 사람 없는 험한 산 외진 골에서 뼈까지 먹사이다."

학대사는 여전하게,

"그것도 또한 못 하겠다."

다시 한 중이 여쭈기를,

"그러하오면 신미산 여우 되어 분단장 곱게 하고 비단옷 맵시 내어, 호색하는 옹고집 품에 누워 단순호치(丹脣皓齒)[2] 빵긋 벌려 좋은 말로 옹고집을 속일 적에 '첩은 본디 월궁 선녀이옵는데, 옥황상제께 죄를 얻어 인간계로 내치시매 갈 바를 몰랐더니, 산신님이 불러들여 좌수님과 연분이 있다 하여 지시하옵기로 이에 찾아왔나이다.' 하며 온갖 교태 내보이면, 호색하는 그놈이라 필경에는 대혹하여 등 치며 배 만지며 온갖 희롱 진탕하다 촉풍상한(觸風傷寒)[3] 덧들려서 말라죽게 하옵소서."

1) 푸른 산이 첩첩이 쌓인 모습.
2) 붉은 입술과 흰 이로, 아름다운 여자의 얼굴을 가리킴.
3) 찬 바람을 쐬서 병이 남.

학대사 벌떡 일어나며 하는 말이,

"아서라, 그도 못하겠다."

술법 높은 학대사는 괴이한 꾀 나는지라, 동자 시켜 짚 한 단을 끌어내어 허수아비 만들어 놓고 보니 영락없는 옹고집의 불측한 상이렷다. 부적을 써 붙이니 이 놈의 화상, 말대가리 주걱턱에 어디로 보나 영락없는 옹가였다.

허수아비 거드럭거드럭 옹고집을 찾아가서 사랑문 드르륵 열며 분부할 제,

"늙은 종 돌쇠야, 젊은 종 몽치, 깡쇠야, 어찌 그리 게으르고 방자하냐? 말 콩 주고 여물 썰어라! 춘단이는 바삐 나와 방 쓸어라."

하며 태연히 앉았으니, 이리 보나 저리 보나 분명한 옹좌수였다.

이 때 진짜 옹가 들어서며 하는 말이,

"어떠한 손(客)이 왔기로 이렇듯 사랑채가 소란하냐?"

가짜 옹가가 이 말 듣고 나앉으며,

"그대 어쩐 사람이기로 예 없이 남의 집에 들어와 주인 행세하느뇨?"

진짜 옹가 버럭 성을 내며 호령하되,

"네가 나의 형세 유족함을 듣고 재물을 탈취코자 집안으로 당돌히 들었으니 내 어찌 그저 두랴! 깡쇠야, 이놈을 잡아내라."

하인들이 얼이 빠져 이도 보고 저도 보고, 이리 보고 저리 보나

이 옹 저 옹이 같은지라, 두 옹이 아옹다옹 맞다투니 그 옹이 그 옹이요, 백운심처(白雲深處)[1]에 처사 찾기는 쉬울망정, 백주당상(白晝堂上)[2] 이 방 안에 우리 댁 좌수님 찾을 가망 전혀 없어 입 다물고 말 없더니 안채로 들어가서 마님께 아뢰기를,

"일이 났소, 일이 났소! 아씨님 일이 났소! 우리 댁 좌수님이 둘이 되었으니 보던 중 처음입니다. 집안에 이런 변이 세상에 또 있겠습니까?"

마님이 이 말 듣고 대경실색하는 말이,

"애고 애고, 이게 웬말이냐? 좌수님이 중만 보면 당장에 묶어 놓고 악한 형벌 마구 하여 불도를 업신여기며, 팔십당년 늙은 모친 박대한 죄 어찌 없을까 보냐? 땅 신령이 발동하고 부처님이 도술 부려 하늘이 내리신 죄, 인력으로 어찌하리."

마나님은 춘단 어미를 불러들여 분부하되,

"바삐 나가 네가 진위를 가려 보라."

춘단 어미가 사랑채로 바삐 나가, 문틈을 열고 기웃기웃 엿보는데, '네가 옹가냐? 내가 옹가다!' 하고 서로 고집하여 호령호령하니 말투와 몸놀림이 똑같은데, 이목구비도 두 좌수가 흡사하니 춘단 어미 기가 막혀 하는 말이,

1) 깊고 깊은 곳.
2) 밝은 대낮의 대청 위.

“뉘라서 까마귀 암수를 알아보리요? 뉘라서 어찌 두 좌수의 진위를 가리리요?”

춘단 어미 허겁지겁 안으로 들어서며,

“마님 마님! 두 좌수님 모두가 흡사하와, 전혀 알아볼 수 없사옵니다.”

마나님이 생각난 듯 하는 말이,

“우리집 좌수님은 새로이 좌수 되어 도포를 성급히 다루다가 불똥이 떨어져서 안자락이 탔으므로, 구멍이 있으니, 그것을 찾아보면 진위를 가릴지라.”

춘단 어미 다시 나와 사랑문을 열어 젖히면서,

“알아볼 일 있사오니 도포를 보사이다. 안자락에 불똥 구멍 있나이다.”

진짜 옹가가 나앉으며 도포 자락 펼쳐 뵈니, 구멍이 또렷하니 우리 댁 좌수님이 분명하것다. 가짜 옹가도 뒤따라 나앉으며,

“예라 이년! 요망하다, 가소롭다! 남산 위에 봉화 들 때 종각 인경 뗑뗑 치고, 사대문을 활짝 열 때 순라군이 제격이라, 그만 표는 나도 있다.”

가짜 옹가가 앞자락을 펼쳐 뵈니 그도 또한 뚜렷하것다. 알 길이 전혀 없는지라, 답답한 춘단 어미 안으로 들어서며 마님 불러 아뢰기를,

“애고 이게 웬 변일꼬? 불구멍이 두 좌수께 다 있으니 소비(小

婢)[1]는 전혀 알 수 없소이다. 마님께서 몸소 나가 보옵소서."

마나님 이 말 듣고 낯빛이 흐려지며 탄식하되,

"우리 둘이 만났을 제 여필종부(女必從夫)[2] 본을 받아 서산에 지는 해를 긴 노로 잡아매고 살아서도 이별 말고 죽어도 한 날 죽자 하늘과 땅에 맹세하고 달님 햇님으로 증인을 세웠는데, 뜻밖에 변이 나니 꿈인가 생시인가? 이 일이 웬일일꼬? 도덕 높은 공부자(孔夫子)[3]도 양호(陽虎)의 화액(禍厄)[4]을 입었다가 도로 놓여 성인 되셨으매, 자고로 성인들도 한때 곤란이 있거니와, 이런 괴변 또 있을꼬? 내 행실 가지기를 송백(松柏)같이 굳었거늘, 두 낭군을 어찌 새삼 섬기리요?"

이렇듯 탄식할 제 며늘아기 여쭈기를,

"집안에 변을 보매 체모가 아니 서니 이 몸이 밝히오리다."

사랑 방문 펴뜩 열고 들어가니 가짜 옹가 나앉으며 이르기를,

"아가 아가, 게 앉아 자세히 들어 보라. 창원 땅 마산포서 네가 신행(新行)[5]하여 올 제, 십여 마리 말에 온갖 기물 실어 두고 내가 후행으로 따라오니 상사마 한 놈이 암말 보고 날뛰다가 뒤뚱거려 실은 것을 파삭파삭 결딴내어, 놋동이는 한복판이 뚫어져서

1) 종이 자신의 신분을 낮추어 표현.
2) 아내는 반드시 남편에게 순종하여 좇아야 함.
3) 공자의 높임말.
4) 공자는 한때 양호라는 노나라 사람에게 곤욕을 당한 일이 있음.
5) 전통 혼례에서 신부가 혼례식을 마치고 신방을 치른 뒤 시댁으로 오는 일.

못 쓰게 되었기로 벽장에 넣었거늘, 이도 또한 헛말이냐? 너의 시아비는 바로 내로다!"

기가 막힌 진짜 옹가도 앞으로 나앉더니,

"애고 저놈 보게. 내가 할말 제가 하니, 애고 애고 이 일을 어찌하리? 새아기야, 내 얼굴을 자세히 보라! 네 시아비는 내 아니냐?"

며느리가 공손히 여쭈기를,

"우리 아버님은 머리 위로 금이 있고, 금 가운데 흰머리가 있사오니 이 표를 보사이다."

진짜 옹가가 얼른 나앉으며 머리 풀고 표를 뵈니, 골통이 차돌같아 송곳으로 찔러 본들 물 한 점 피 한 방울 아니 나겠더라. 가짜 옹가도 나앉으며 요술부려 그 흰털 뽑아 내어 제 머리에 붙인지라, 진짜 옹가의 표적은 없어지고 가짜 옹가의 표적이 분명하것다.

"며느리야! 내 머리를 자세히 보라."

하니 며늘아기 살펴보고,

"틀림없는 우리 시아버님이오."

진짜 옹가는 복통할 노릇이라, 주먹으로 가슴 치고 머리를 지끈지끈 두드리며,

"애고 애고, 가짜 옹가는 아비삼고 진짜 옹가를 구박하니, 기막혀 나 죽겠네! 내 마음에 맺힌 설움 누구보고 하소연하랴?"

종놈들 거동 보니, 남문 밖 사정으로 걸음을 재촉하여 서방님을

찾아간다.

"가사이다, 가사이다. 서방님 어서 바삐 가사이다! 일이 났소, 변이 났소. 우리 댁 좌수님이 두 분이 되어 있소."

서방님이 이 말 듣고, 화살 전통 걸어 멘 채 천방지축 집에 와서 사랑으로 들어가니, 가짜 옹가가 태연자약 나앉으며 탄식하되,

"애고 애고, 저 놈 보게, 내가 할 말 제가 하네."

아들놈의 거동 보니, 얼굴 모습 살펴보나 이도 같고 저도 같아 알 길이 전혀 없어 어리둥절 서 있겄다. 가짜 옹가가 나앉으며 진짜 옹가의 아들 불러 재촉하여 이르기를,

"너의 모께 알아보게 좀 나오라 하여다고! 이렇듯이 가변 중에 내외(內外)[1)]할 것 전혀 없다!"

하니 진짜 옹가 아들놈이 안으로 들어가서,

"어머님 어머님, 사랑방에 괴변 나서 아버님이 둘이오니, 어서 나가 자세히 살펴보소서."

내외에도 불구하고 마나님이 사랑에 썩 나서니, 가짜 옹가가 진짜 옹가의 아내보고 앞질러 하는 말이,

"여보 임자! 내 말을 자세히 들어 봐요. 우리 둘이 첫날밤 신방으로 들었을 제, 내가 먼저 동품하자 하였더니 언짢은 기색으로

1) 지난 시대에 유교적 관념에서 부녀자가 외간남자의 얼굴을 대하기를 피하는 일.

임자가 돌아앉기로, 내 다시 타이르며 좋은 말로 임자를 호릴 적에 '이같이 좋은 밤은 백 년에 한 번 있을 뿐인지라 어찌 서로 허송하랴?' 하니 그제서야 임자가 순응하여 서로 동품하였으니, 그런 일을 더듬어서 진위를 분별하소."

진짜 옹가의 아내가 곱이곱이 생각하니 과연 그 말이 맞은지라 가짜 옹가를 지아비라 일컬으니, 진짜 옹가는 복장을 쾅쾅 치나 눈에서 불이 날 뿐 어찌할 수 없으렷다.

진짜 옹가 아내 측은하여 하는 말이,

"두 분이 똑같으니, 소첩인들 어이 아오? 애통하오, 애통하오!"

안으로 들어가도 마음이 아니 놓여 팔자 한탄 소란하다.

"애고 애고 내 팔자야! 여필종부 옛말대로 한 낭군 모셨거늘, 이제 와 이도 같고 저도 같은 두 낭군이 웬 변인고? 전생에 무슨 죄를 지였기에 이년의 드센 팔자 이렇듯 애통할꼬? 애고 애고 내 팔자야!"

이럴 즈음 구불촌 김별감(金別監)이 문 밖에 찾아와서,

"옹좌수 게 있는가?"

하니 가짜 옹가가 썩 나서며,

"그게 뉘신가? 허허 이거 김별감 아닌가. 달포를 못 보았는데, 그 새 댁내 무고한가? 나는 요새 집안에 변괴 있어 편치도 못하다네. 어디서 온 누구인지 말투와 몸놀림에 형용도 흡사하여, 나와 같은 자 들어와서 옹좌수라 일컬으며, 나의 재물 빼앗고자 몹쓸

비계(秘計)[1] 부리면서 난 체하고 가산을 분별하니 이런 변이 어디 또 있을까. '그의 아내는 알지 못하되 그의 벗은 알지로다.' 하였으니, 자네 나를 모를까 보냐? 나와 자네는 지기상통(志氣相通)[2]하는 사이, 우리 뜻을 명명백백 분별하여 저 놈을 쫓아 주게."

진짜 옹가는 이 말 듣고 가슴을 꽝꽝 치며 호령하기를,

"애고 애고 저놈 보게! 제가 난 체 천연히 들어앉아 좋은 말로 저렇듯 늘어놓네! 이 놈 죽일 놈아, 네가 옹가냐 내가 옹가지."

이렇듯이 두 옹가 아옹다옹 다툴 적에, 김별감은 이리 보고 저리 보고 어이없어 하는 말이,

"양옹이 옹옹하니 이 옹이 저 옹 같고 저 옹이 이 옹 같아 분별치 못하겠네! 사실이 이럴진대 관가에 바삐 가서 송사(訟事)[3]나 하여 보게."

양옹이 이 말을 옳게 여겨, 서로 잡고 관청에 달려가서 송사를 아뢰었다. 사또가 나앉으며 양옹을 살피건대, 얼굴도 흡사하고 의복도 같은 고로 형방에게 분부하되,

"저 두 놈 옷을 벗겨 가려 보라."

하니 형방이 썩 나서며 양옹을 발가벗기었다.

차돌 같은 대갈통이 같거니와 가슴, 팔뚝, 다리, 발이 모두 같

1) 남모르게 꾸며 낸 꾀.
2) 어떤 일을 이루려는 의지와 기개가 서로 통하는 것.
3) 백성끼리의 분쟁을 관가에 호소하여 그 판결을 구하는 일.

고 불알마저 흡사하니, 그 진위를 뉘라서 가리리요.

진짜 옹가가 먼저 아뢰기를,

"저희 조상 대대로 옹당촌에 사옵는데, 천만의외로 생면부지 모를 자가 저와 행색 같이하고 태연히 들어와서, 저의 집을 자기 집이라 하며 저의 가솔을 자기 가솔이라 이르오니 세상에 이런 변괴 어디 또 있나이까? 명명(明明)[4]하신 성주께서 저 놈을 엄문(嚴問)하여 변백(辨白)[5]하여 주옵소서."

가짜 옹가도 또한 아뢰기를,

"제가 사뢰고자 하던 것을 저 놈이 다 아뢰매 저는 다시 사뢸 말씀 없사오니, 명철하신 성주께서 샅샅이 살피시와 진실을 밝혀 가려 주옵소서. 이제는 죽사와도 여한이 없겠나이다."

사또가 엄히 꾸짖어 양옹을 함구케 한 연후에 육방의 아전과 내빈 행객 불러내어 두 옹가를 살펴보게 하였으나, 진짜 옹가가 가짜 옹가 같고, 가짜 옹가가 진짜 옹가 같아 전혀 알 수 없는지라 형방이 아뢰기를,

"두 백성의 호적을 상고하여 보사이다."

사또는,

"허허 그 말이 옳소이다."

4) 사리에 아주 밝음.
5) 사리를 따져 똑똑히 밝히는 것.

하고 호적색(戶籍色)을 불러 놓고, 양옹의 호적을 강 받을 제 진짜 옹가가 나 앉으며 아뢰기를,

"민(民)의 아비 이름은 옹송이옵고 할아버지는 만송이옵나이다."

사또가 이 말 듣고 하는 말이,

"허허 그 놈의 호적은 옹송망송하여 전혀 알 수 없으니, 다음 백성 아뢰라."

이 때 가짜 옹가 나앉으며 아뢰기를,

"자하골 김등네 좌정하였을 적에, 제 아비 좌수로 거행하며 백성을 애휼(愛恤)[1]한 공으로 말미암아 온갖 부역을 삭감하였기로 관내에 유명하오니, 옹돌면 제일호 유생 옹고집이요, 고집의 나이 삼십칠이요, 부학생(父學生)은 옹송이온데 절충장군(折衝將軍)[2]이옵고, 할아버지는 만송이오나 오위장(五衛將)[3] 지내옵고, 고조할아버지는 맹송이요, 본은 해주이오며, 처는 진주 최씨요, 아들놈은 골이온데 나이는 십구 세 무인생(戊寅生)이요, 하인으로 천비 소생 돌쇠가 있소이다.

또, 제 세간을 아뢰오면 논밭 곡식 합하여 이천백 석이요, 마굿간에 기마가 여섯 필이요, 암수돼지 합하여 스물두 마리요, 암탉 수탉 합이 육십 수요, 기물 등속으로 안성 방자유기 열 벌이요,

1) 불쌍히 여겨 은혜를 베푸는 것.
2) 정삼품으로 당상관의 무관.
3) 종이품의 무관.

앞닫이 반닫이에, 이층장, 화류문갑, 용장, 봉장, 가께수리, 산수 병풍, 연병풍 다 있사옵고, 모란 그린 병풍 한 벌은 제 자식 신혼 시에 매화 그린 폭이 없어져 고치고자 다락에 따로 얹어 두었사오니 그것으로도 아옵시고, 책자로 말하오면 소학, 대학, 논어, 맹자, 시전, 서전, 주역, 춘추, 예기, 주벽, 총목까지 쌓아 두었소이다.

또, 은가락지가 이십 걸이, 금반지는 한 죽이요, 비단으로 말하오면 청 · 홍 · 자색 합쳐서 열세 필이요, 모시가 서른 통이요, 명주가 마흔 통이온즉, 한 필은 제 큰딸 아이가 첫몸을 보았기로 가점[4]을 명주통에 끼웠더니 피가 조금 묻었으매, 이것을 보아도 명명백백 알 것이오. 진 신, 마른 신이 석 죽이요, 쌍코 줄변자가 여섯 켤레 중에 한 켤레는 이 달 초사흘 밤에 쥐가 코를 갉아먹어 신지 못하옵고 안 벽장에 넣었으니, 이것도 염문하와 하나라도 틀리오면 곤장 맞고 죽사와도 할 말이 없사오나, 저놈이 저희 집 세간 이렇듯이 넉넉함을 얻어 듣고, 욕심내어 송정(訟庭)[5] 요란케 하오니, 저렇듯 무도한 놈을 처치하사 타인을 경계하옵소서."

관가에서 듣기를 다 하더니 이르기를,

"그 백성이 진짜 옹좌수라."

4) 개짐, 월경대.
5) 옛날에 송사를 처리하던 곳.

하고 당상으로 올려 앉히며 기생을 불러들이더니,

"이 양반께 술 권하라."

고 하였다. 일색 기생이 술을 들고 권주가를 부르는데,

"잡수시오, 잡수시오, 이 술 한 잔 잡수시오. 이 술 한 잔 잡수시면 천 년 만 년 사시리라. 이는 술이 아니오라 한무제가 승로반(承露盤)[1]에 이슬 받은 것이오니 쓰나 다나 잡수시오."

흥이 나는 옹좌수가 술잔을 받아들고 화답하여 하는 말이,

"하마터면 아까운 세간을 저 놈한테 빼앗기고, 이러한 일등 미색의 이렇듯 맛난 술을 못 먹을 뻔하였구나! 그러나 성주께서 흑백을 가려 주시니, 그 은혜는 백골난망이옵니다. 시간을 내시어서 한 차례 저희 집에 나오시오. 막걸리로 한잔 대접하오리다."

"그는 염려 말게. 처치하여 줌세."

뜰 아래 꿇어앉은 진짜 옹가를 불러 분부하되,

"네놈은 흉칙한 인간으로서, 음흉한 뜻을 두고 남의 세간 탈취코자 하였으니, 죄상인즉 마땅히 의율정배(依律定配)[2]할 것이로되, 가벼히 처벌하니 바삐 끌어내어 물리쳐라."

곤장 삼십 대를 매우 치며, 죄목을 엄히 문초하되,

"네 이 놈! 차후에도 옹가라 하겠느냐?"

1) 한무제가 이슬을 받으려고 만들어 놓은 쟁반.
2) 법에 의하여 귀양 보냄.

진짜 옹가는 곰곰이 생각건대, 만일 다시 옹가라 우길진대 필시 곤장 밑에 죽겠기에,

"예, 옹가가 아니오니, 처분대로 하옵소서."

아전이 호령하기를,

"저 놈을 당장 밖으로 내치거라."

하니 군노사령(軍奴使令) 벌떼같이 일시에 달려들어 옹가놈의 상투를 움켜잡고 휘휘 둘러 내쫓으니, 진짜 옹가는 할 수 없이 걸인 신세가 되고 말았다.

고향 산천 멀리하고 남북으로 빌어먹을 제, 가슴을 탕탕 치며 대성통곡하며 하는 말이,

"답답하다 내 신세야! 이 일이 꿈이냐 생시냐? 어찌하면 좋을런고? 이른바 낙미지액(落眉之厄)[3]이로다."

무지하던 고집이놈 어느덧 허물을 뉘우치고 애통하여 하는 소리가,

"나는 죽어 싼 놈이로되, 당상학발(堂上鶴髮)[4] 우리 모친 다시 봉양하고 싶고, 어여쁜 우리 아내, 임도 없이 홀로 누워 전전반측(輾轉反側)[5] 잠 못들어 수심으로 지내는가? 슬하에 어린 새끼 금옥같이 사랑하여 어를 적에 '섬마둥둥 내 사랑아! 후두둑후두둑,

주

3) 의외에 일어난 불운.
4) 학의 머리처럼 하얀 머리털. 즉, 노인의 백발을 비유하여 이르는 말.
5) 누워서 몸을 이리저리 뒤척이며 잠을 이루지 못함.

엄마 아빠 눈에 암암' 나 죽겠네, 나 죽겠어! 이 일이 생시는 아니로다. 아마도 꿈이러니, 꿈이거든 어서 바삐 깨어나라!"

이럴 즈음 가짜 옹가의 거동 보세. 송사에 이기고서 돌아올 제 의기양양하는 거동, 그야말로 제법이다. 얼씨구나 좋을씨고! 손춤을 휘저으며 노래가락 좋을씨고! 이러저리 다니면서 조롱하여 하는 말이,

"허허 흉악한 놈 다 보겠다! 하마터면 고운 우리 마누라를 빼앗길 뻔하였구나."

하고 집으로 들어서며 희색이 얼굴에 가득하니, 온 집안 식솔들이 송사에 이겼다는 말을 듣고 반가이 영접할 제, 진짜 옹가의 마누라가 왈칵 뛰쳐 내달으며 가짜 옹가의 손을 잡고 다시금 묻는 말이,

"그래 참말 송사에 이겼소이까?"

"허허 그리하였다네. 그사이 편안히 있었는가? 세간은 고사하고 자칫하면 자네마저 놓칠 뻔하였다네! 원님이 명찰(明察)[1]하여 주시기로, 자네 얼굴 다시 보니 이런 경사 또 있는가? 불행 중 행이로세!"

그럭저럭 날 저물매, 가짜 옹가는 진짜 옹가의 아내와 더불어, 긴긴 밤을 수작하다가 원앙금침 펼쳐 놓고 한자리에 누웠으니, 두 사람의 심사 깊은 정을 새삼 일러 무엇하랴!

1) 똑똑히 살피는 것.

이같이 즐기다가 잠시 잠이 들어 진짜 옹가의 아내가 한 꿈을 얻으매 하늘에서 허수아비가 무수히 떨어져 보이기에 문득 깨달으니 남가일몽(南柯一夢)[2]이라. 가짜 옹가한테 꿈얘기를 말하니, 가짜 옹가가 고개를 끄덕이며,

"그 일이 분명하면 아마도 태기가 있을 듯하나, 꿈과 같을진대 허수아비를 낳을 듯하네마는, 장차 내 두고 보리라."

이러구러 십 삭이 차매 진짜 옹가의 아내 몸이 고단하여 자리에 누워 몸을 풀 새 진양성중(晋陽城中) 가가조(家家稠)[3] 개구리 해산하듯, 돼지가 새끼 낳듯 무수히 퍼 낳는데 하나 둘 셋 넷 부지기수로다. 이렇듯이 해산하니 보던 바 처음이며 듣던 바 처음이다.

진짜 옹가의 마누라는 자식 많아 좋아라고 괴로움도 다 잊으며 주렁주렁 길러 내었다.

이렇듯이 즐거이 지낼 무렵, 진짜 옹가는 하릴없이 세간 처자 모조리 빼앗기고 팔자에 없는 곤장 맞고 쫓겨나니 세상에 살아본들 무엇하리?

'애고 애고 내 팔자야. 죽장망혜(竹杖芒鞋) 단표자(單瓢子)[4]로 만첩청산 들어가니 산은 높아 천봉이요, 골은 깊어 만학이라. 인적은 고요하고 수목은 빽빽한데 때는 마침 봄철이라. 산새들은

2) 꿈을 깨어보니 모든 것이 헛됨.
3) 오늘날의 진주로 그 안에 집이 빽빽하게 들어섬.
4) 대나무 지팡이와 짚신과 표주박. 간단한 행장.

쌍거쌍래(雙去雙來)[1] 날아들 제, 슬피 우는 두견새는 이내 설움 자아내어 꽃떨기에 눈물 뿌려 점점이 맺어두고, 불여귀(不如歸)를 삼으니 슬프도다. 이런 공산(空山) 속에서는 아무리 철석같은 간장(肝腸)이라도 아니 울지는 못하리라.'

자살을 결심하고 슬피 울 제, 한곳을 쳐다보니 층암절벽 벼랑 위에 백발도사 높이 앉아 청려장(青藜杖)[2]을 옆에 끼고 소나기 가지를 휘어잡고 노래 불러 하는 말이,

"뉘우쳐도 미치지 못하느니라. 하늘이 주신 벌이거늘, 누구를 원망하며 누구를 탓하고자 하는가?"

진짜 옹가는 이 말을 다 들으매 어찌할 줄 모르는 듯, 도사 앞에 급히 나아가 합장 배례 급히 하며 애원하되,

"이 몸의 죄 돌이켜 생각하면 천만 번 죽사와도 아깝지 아니하오나, 밝으신 도덕하에 제발 덕분 살려 주사이다. 당상의 늙은 모친, 규중의 어린 처자, 다시 보게 하옵소서. 이 소원 풀고 나면 지하로 돌아가도 여한이 없을 줄로 아나이다. 제발 한 번만 살려 주옵소서."

온갖 정성 다 기울여 애걸하니, 도사가 소리 높여 꾸짖기를,

"천지간에 몹쓸 놈아! 이제도 팔십당년 병든 모친 구박하여 냉

1) 쌍으로 가고 쌍으로 오는 모습.
2) 명아줏대로 만든 지팡이.

돌방에 두려는가? 불도를 업신여겨 못된 짓 하려는가? 너 같은 몹쓸 놈은 응당 죽여 마땅하되, 정상이 가긍(可矜)[3]하고 너의 처자 불쌍하기로 풀어 주겠으니 돌아가 개과천선하여라."

도사는 부적 한 장을 써 주면서 일러두길,

"이 부적 간직하고 네 집에 돌아가면 괴이한 일이 있으리라."

하고 슬며시 사라지니, 도사는 간 데 온 데 없었다.

즐거운 마음으로 고향에 돌아와서 제 집 문전에 다다르니, 고루거각 높은 집에 청풍명월 맑은 경개는 이미 눈에 익은 풍취로다.

"담장 안의 홍련화는 주인을 반기는 듯, 영산홍아 잘 있었느냐? 자산홍아 무사하냐? 옛일을 생각하매 오늘이 옳으며 어제는 잘못임을 깨닫고 옛집을 다시 찾아오니 죽을 마음 전혀 없다. 가소롭다, 가짜 옹가야! 이제도 네가 옹가라고 장담을 할 것이냐?"

늙은 하인 내달으며,

"애고 애고 좌수님, 저 놈이 또 왔소이다. 천살을 맞았는지 또 와서 지랄하니 이 일을 어찌하오리까?"

이럴 즈음에, 방에 있던 옹가는 간 데 없고, 난데없는 짚 한 뭇이 놓여 있을 따름이요, 가짜 옹가와 수다한 자식들도 홀연히 허수아비 되므로, 온 집안이 그제서야 깨달은 듯 박장대소하였다.

좌수가 부인에게 하는 말이,

3) 불쌍하고 가여움.

"마누라, 그 사이 허수아비 자식을 저렇듯이 무수히 낳았으니, 그 놈과 한가지로 얼마나 좋아하였는가? 한상에서 밥도 먹었는가?"

얼이 빠진 부인은 아무 말 못하고서, 방안에 돌아다니며 가짜 옹가의 자식들 살펴보니, 이를 보아도 허수하비요, 저를 보아도 허수하비라, 아무리 다시 보아도 허수아비 무더기가 분명하였다. 부인은 진짜 옹가를 맞이하여 반갑기 그지없되, 일변 지난 일을 생각하고 매우 부끄러워하였다.

도승의 술법에 탄복하여, 옹좌수 그로부터 모친께 효성하며 불도를 공경하여 잘못을 뉘우치고 착한 일 많이 하니, 모두들 그 어짐을 칭송하여 마지 아니 하였다.

독후감 길라잡이

옹진골 옹당촌이라는 곳에 옹고집이라는 사람이 살았는데 그 성미가 괴팍하여 욕심이 많고 심술쟁이에 고집불통이었다고 합니다. 그는 자기 욕심과 고집 때문에 노모뿐 아니라 머슴이나 일꾼까지도 심하게 학대하였습니다. 하루는 옹고집을 책망하기 위해 월출봉 취암사라는 절의 도사가 학대사를 그곳에 보냈으나 옹고집의 집에서 매만 맞고 돌아오게 됩니다. 이에 학대사는 볏짚으로 가짜 옹고집을 만들어 진짜 옹고집을 골탕먹입니다. 이에 못되기로 소문난 진짜 옹고집은 관가의 판결에 따라 마을에서 쫓겨나게 됩니다. 이곳 저곳을 헤매며 갖은 고생을 하다가 지난 일을 후회하게 됩니다. 잘못을 뉘우친 옹고집은 산 속에 들어가 죽으려 하는데 학대사가 나타나 부적을 주어 집으로 돌아가게 됩니다. 집으로 돌아오니 가짜 옹고집은 볏짚으로 변했고, 진짜 옹고집은 새 사람이 되어 새로운 생활을 하게 되었다고 합니다.

2. 작품 분석하기

▌전반적인 특징 ▌

조선 영 · 정조 때에 쓰여진 작품으로 정확한 작자 · 연대 미상의 판소리계 고대 소설입니다.불교적인 설화를 주제로 한 한글본 풍자 소설인데, 판소리로 불리어질 때는《옹고집 타령》이라고 합니다.

우선 주목되는 점은 설화 소설이라는 것인데, 동냥 온 중을 괄시해서 화를 입게 되었다는 설정은 부자이면서 인색하기만 한 인물을 징벌하기 위해서 도승이 도술을 부렸다는 점에서 '장자못이야기' 와 상통합니다.

한편, 가짜가 와서 진짜를 몰아내게 되었다는 줄거리는 '쥐를 기른 이야기' 와 같습니다. 쥐에게 밥을 주어서 길렀더니 그 쥐가 사람으로 변하여 주인과 진짜 싸움을 한 끝에 주인을 몰아냈다는 유형의 이야기는 널리 알려져 있는 것인데, 이 작품에 수용된 것으로 보입니다.

이처럼 설화를 적극 수용한 것은 판소리계 소설의 일반적 특징입니다.

원래 '옹(雍)' 은 옹골차게 뭉치어 단단한 모습을 나타냅니다. 그러기에 옹고집은 고집 중에서도 요지부동의 단단한 고집을 나타냅니다.

이러한 옹고집이 주인공으로 의인화되어 옹고집의 갖은 작태를 보여주며, 실제로 집착에 의하여 벌어지는 온갖 악행과 다른 사람들의 고통을 구체적으로 알려줍니다. 즉, 옹고집은 극악한 언행에 따른 주변 인물의 고통을 구체적으로 보여줌으로써 옹고집의 실체를 극명하게 느끼게 해줍니다. 결국 옹고집은 벌을 받고

개과천선하게 됩니다.

이것은 조선 후기의 시대 상황을 반영하는 것으로서, 화폐 경제가 발달하면서 오직 부를 추구하는 데만 몰두하며 윤리 도덕이나 인정같은 것은 외면한 부류가 나타나자, 이에 대한 반감이 작품을 통해서 반영된 결과라 할 수 있습니다.

그런데 반감이 새로운 사회 윤리를 제시하는 데 이르지 못하고, 전래적인 가치관과 불교신앙을 다시 긍정하고 만 것은 작품의 한계라고 할 수 있습니다.

또한《흥부전》에 비한다면, 작품 설정도 단순하고, 수법도 수준이 낮다고 볼 수 있습니다. 이 작품은 작품 전개에 도술을 개입시켜 현실감을 살리지 못한 편이고, 과장이나 말장난에서 흥미와 웃음을 찾으려고 하였습니다. 판소리 열두 마당의 하나로 불리다가 전승이 중단되고, 필사본마저도 널리 전파되지 않은 이유를 여기서 찾을 수 있습니다.

좀더 사실적인 소설이 나타나자, 결국 더 이상 관심을 끌지 못하게 된 것이지요.

▌판소리 문학으로서의 특징 ▌

판소리 문학의 전반적인 특징을 살펴 그 중 하나인《옹고집전》에 대한 이해를 깊이 해볼까 합니다.

판소리 문학이 소설사에서 두드러진 점은 우선 일상어나 비속

어를 활용하여 현실적 정황들을 생동감 있게 그려낸 구어체적 문체의 확립에 있습니다.

물론 판소리의 사설에는 한시나 사자성어 등이 나열되기도 하지만 그것은 기존 개념을 전달하기 위한 수식일 뿐입니다. 그러기에 장면의 묘사나 등장 인물의 대사로 무리없이 이해됩니다.

둘째는 등장 인물이 개성을 지니고 있다는 점입니다.

대부분의 고소설에서 주인공이나 적대자는 정형적이고 규격화되어 있습니다. 그런 경향은 군담 소설에서 특히 두드러지는데, 이 인물들을 통해서 조선 후기의 역동성을 찾아낸다는 것은 어려운 일입니다. 반면, 판소리나 판소리계 소설은 당대를 살았던 개성적 인물들이 수없이 등장합니다. 야무지고 강인한 춘향과 육친에 대한 사랑으로 자신을 희생하는 심청이 그리고 착한 심성, 따뜻한 인간애를 지닌 흥부와 꾀 많고 지혜로운 토끼 등은 당대를 살았던 인물들을 전형화하고 있습니다.

셋째는 판소리 문학이 조선 후기 소설사에서 가장 주도적이고 핵심적인 위상을 차지하고 있다는 점입니다.

조선 후기는 '소설의 시대'입니다. 근대를 향한 움직임을 가장 주도적으로 보인 것이 소설입니다. 판소리 문학은 조선 후기 세태를 담아 낸 한문 단편과 유사하지만 한문 단편이 세태의 한 단면을 날카롭게 풍자하거나 묘사한데 비해 판소리 문학은 역동하는 현실을 풍부하게 담아 냈습니다.

3. 등장 인물 알기

옹고집 자기 중심적으로만 생각하여 은혜를 모르고, 성격이 괴팍하며 심술쟁이에 고집쟁이였습니다. 아픈 노모를 성심성의껏 봉양하기는커녕 아들의 박대에 서운해 하는 어머니께 '뭐 그리 오래 살기를 바라냐.' 고 말하는 사람입니다. 또한 시주 받으러 온 중들에게 시주하지 않음은 물론이고 오히려 심한 매질을 합니다. 결국 학대사에의해 가짜 옹고집에게 쫓겨나는 벌을 받고서야 자신의 잘못을 뉘우치게 됩니다.

학대사 옹고집을 직접 처벌하는 인물로 처음에는 말로써 옹고집을 달래고자 찾아가지만 심한 매질만 받게 되자 다른 방법으로 옹고집에게 벌을 주게 됩니다. 그러나 인자한 덕이 있어 옹고집이 잘못을 깨달을 수 있을 정도만의 벌을 주고, 옹고집이 과거를 후회하자 원래의 삶으로 돌아갈 수 있게 해줍니다.

4. 작가 들여다보기

《옹고집전》은 정해진 작가가 있지는 않답니다. 이는 고대 소설의 장르적 특성이기도 하지요. 왜냐하면 고대 소설은 완성되면서 당시 민중들의 사상이 많이 반영되기 때문에 '민중의 공동작' 이라고 볼 수 있거든요. 《옹고집전》 역시 이런 특성을 지녔다 볼 수 있지요.

5. 시대와 연관짓기

조선 후기의 시대 상황을 대략적으로 살펴보면 다음과 같습니다.

임진왜란과 병자호란을 겪으면서 양반 계급에 대한 비판이 일기 시작했고, 평민 의식이 싹틉니다. 성리학을 공리공론이라 비판하고, 실사구시를 추구한 실학 사상이 중심을 이루었고 평민들의 문학 참여가 확대되었으며, 평민 의식과 산문 정신의 확대로 국문 소설과 사설시조가 등장하였습니다. 또한 가사는 장편화되면서 평민가사, 기행가사, 유배가사, 내방가사가 많이 나타났고 판소리, 민속극 등의 성장이 두드러져 평민들의 사랑을 받았습니다. 조선 전기가 성리학과 운문 문학이 중심이었다면, 후기는 실학과 산문 문학이 주를 이루었습니다.

이제 《옹고집전》이 지어질 수 있었던 보다 자세한 사회적 배경을 알아보겠습니다.

조선후기로 가면서 점차 전호농민(田戶農民)인 노비가 늘어났습니다. 이러한 변화가 반영되어 신공을 바치는 노비가 큰 비중을 차지하게 되었으며, 법으로 금지하는 양인과의 결혼도 늘어났습니다.

그러나 전기보다는 그 비중이 토지로 옮겨가기는 했지만 노비는 여전히 법적으로는 매매와 상속의 대상인 소유물이었습니다.

18~19세기 신분제 변동의 주요 양상은 하층 신분이 상층으로 이동해 가는 것이었습니다. 양반층의 급격한 증가 현상과 외거노비(外擧奴婢)의 실질적인 소멸, 그리고 솔거노비(率去奴婢)의 광범위한 도망 등의 현상이 나타났습니다. 그러한 현상은 이 시기에 와서 시작된 것이 아니라, 이미 임진왜란 때에 제도적으로 시행되고 있었습니다.

천민으로 속오군을 형성하여 양인화한다든가 공명첩을 발행하는 등의 관직 매매와 같은 것이 합법적인 신분변동의 길이었습니다. 국가는 납속 정책을 시행하여 일정한 대가를 치르면서 노비를 양인으로 만들었으며 군공 등을 통하여 신분 변동이 가능했습니다.

특히 역부담자를 다수 확보해야만 가능했던 북벌정책을 수행할 경우 속량(贖良) 정책이 강력히 추진될 수밖에 없었습니다. 이로 인해 양반과 천민간의 교혼이나 양인의 노비로의 투속, 노비의 양인화가 동시에 일어났습니다. 양인의 노비로의 투속은 몰락한 양인 농민이 군력과 공납의 부담을 피하고자 함이었습니다.

양인이 노비가 되는 경우에는 사노비가 되었고 노비로서 양인이 되는 경우에는 공노비가 많았습니다. 그러나 노비의 양인화가 일반적인 추세였기 때문에 점차 노비인구가 줄어들었습니다. 또한 도망자가 속출하자, 1801년(순조1년)에 공노비를 해방시켰습니다. 법제상 노비제가 완전히 철폐된 것은 1894년 갑오개혁 때입니다. 양반은 신분 질서를 지키기 위하여 호적제를 운영하고 양반 스스로 족보를 만들었습니다.

하지만 질서가 문란해지면서 경제력을 이용하여 신분 상승을 꾀하는 무리들이 늘어났고, 이들은 때때로 호적이나 족보를 위조하기도 했습니다. 향촌의 양반들은 향반 또는 토반이라 불렸습니다. 향반 아래에는 이름만 양반인 존재도 있었습니다. 그 가운데에는 양인이나 노비가 양반을 사칭한 경우도 있었습니다. 이렇게 새로이 등장한 양반층은 기성의 양반층과 향촌 사회의 주도권을 놓고 싸움을 벌이기도 했다. 이를 향전아라고 합니다.

이와 같이 조선 후기에는 종전의 신분제와는 대단히 다른 여러 모습이 나타나게 되었습니다. 예를 들면 지주의 경우 양반이 아닌 서민 지주가 등장했으며, 양반 역시 수공업이나 상업과 같이 스스로 천시하던 직업을 갖게 되었고, 양인층도 경제적으로 자립하여 경영형 부농으로 성장하거나 소상품 생산자로 성장했습니다. 이것은 결국 전근대 사회의 신분제가 변동하는 모습이었습니다.

신분의 상승과 경제적 여유는 평민들이 문화 향유층이 될 수 있게 해주었고, 이것을 바탕으로 판소리와 같은 서민문학이 발전할 수 있었습니다.

6. 작품 토론하기

1 옹고집이라는 인물의 성격을 파악하고 옹고집이 자신을 증명하는데 실패하는 원인을 그 성격과 연관시켜 생각해 봅시다.

➔ 원래 '옹(雍)'은 옹골차게 뭉치어 단단한 모습을 나타냅니다. 그러기에 '옹고집'은 고집 중에서도 요지부동의 단단한 고집을 나타냅니다. 이 고집은 문자 그대로 고정된 집착이 결코 문을 열지 않고 남의 모든 것을 거부하는 최고의 수준에 이른 상태를 말합니다.

옹고집은 자기 자신을 과신하게 되고, 너무나도 자신을 믿은 나머지 자신의 약점과 자기 동일성을 보장해 주는 여러 가지 요소들에 대해 정리된 생각을 가지고 있지 못했던 것입니다. 가짜 옹고집 앞에서 자신이 진짜임을 증명하지 못한 것은 바로 이 스스로를 과신하는 습관 때문입니다.

2 《옹고집전》에서 진짜와 가짜를 구별해 내지 못한 것은 어떤 의미를 내포하고 있을지 그 당시의 사회상과 연관지어 생각해 봅시다.

➔ 이 소설에서는 누구도 진짜와 가짜를 구별할 수 있는 능력을 가지고 있지 못합니다. 이는 사물과 사건을 판단하는 준거(準

據) 틀이 붕괴되었음을 의미합니다. 어떤 행동에 평가가 올바로 내려졌는지를 알 수 없다면 그 사회의 기강은 단번에 무너지게 됩니다. 그런데 이 소설 안의 현실에서는 참과 거짓을 구분할 수 있을 만한 기준 체계가 잡혀있지 않습니다. 오직 천상계의 도움으로만이 다시 원래의 질서를 회복할 수 있었습니다. 이처럼 지상계에서 삶의 준거 틀이 붕괴되었다는 것은 조선 후기의 사회상이 올바른 질서가 없이 헝클어질 대로 헝클어졌음을 의미한다고 생각할 수 있습니다.

7. 독후감 예시하기

▌독후감 1 ▌ 닫힌 마음의 문을 열고

삶을 살다 보면 과연 정의라는 것이 있을까 하는 생각을 하게 된다. 한 평생 근면으로만 살았건만 가난 속에서 끝내 눈을 감아야 하는 이들이 있고, 정직했기에 보다 뼈아픈 삶을 살아야 했던 사람들이 있는 반면, 수단과 방법을 가리지 않으며 오직 자기 욕심만을 채우려는 이들이 권세와 부유함 속에 살고 있기도 하다. 사회 속의 인간을 보호해 준다는 법조차도 모든 사람들을 똑같이 대하는 것 같지 않다.

'강자에게 약하고 약자에게 강한 법!'

이런 생각들로 가슴이 답답해져 올 때면 어떤 절대자가 나타나 착한 사람이 복을 받는 세상을 만들어 주었으면 하는 간절한 바램이 든다.

답답한 마음을 갖고 목말라 하던 내게 오아시스가 되어 준 책이 있다. 그 책은 다름이 아니라 얼마 전 서점에 갔다가 재미있는 제목에 끌려 읽게 된 《옹고집전》이라는 책이다. 주인공 옹고집은 고집이 셀 뿐만 아니라 성격이 어찌나 괴팍하던지 남 잘되는 것을 못 보는 성미를 가진 반면, 자신을 위해서라면 못할 것이 없는 인물이다. 어떤 것이 나쁜 짓이라는 것을 어찌 그리 잘 아는지 아픈 부모를 박대하고, 시주 받으러 온 중을 매질해서 보내는 등 남의 눈쌀 찌푸리는 행동을 정말 잘도 골라한다.

결국, 학대사의 꾀로 가짜 옹고집에게 자신의 자리를 빼앗김으로써 스스로를 반성할 기회를 갖게 된다.

옹고집은 소설 속의 인물이지만 단순히 거기에만 한정시켜 바라볼 수는 없다. 그는 사회의 균형을 깨면서까지 자기 잇속을 챙기려는 사람일 수도 있고, 노동자들을 착취하는 지배자일 수도 있고, 어쩌면 누구나 마음 속에 가지고 있는 조그만 이기심 덩어리일 수도 있다.

이러한 옹고집의 존재는 주변 사람들뿐만 아니라 그 자신까지도 불행에 빠뜨릴 수 있는 위험한 인물이다. 그러기에 우리는 학대사를 기다리게 된다. 언제쯤 어떤 모습으로 나타날지 모르지만 옹고집을 다시 자신의 위치에서 좋은 사람으로 살아가게 해준 것처럼, 우리의 뒤틀린 사회와 그 사회 속에 익숙해지는 내 자신을 바르게 잡아 줄 살아 있는 영웅, 학대사가 나타나길 간절히 바란다.

아니 어쩌면 학대사는 이미 우리 곁에 있을런지 모른다. '고맙습니다' 라는 단어 속에, 어린 아이의 해맑은 웃음 속에, 주고받는 미소 속에, 무엇이든 뛰어넘을 수 있는 우정과 사랑 속에 이미 와 있는 것은 아닐까?

《옹고집전》은 내용이 짧고 쉬웠지만 그 안에 깊이 잠자고 있는 의미는 가벼운 것이 아닌 것 같다. 꾸며낸 옛 이야기에 멈추지 말고 우리 삶에 가져와 다시금 음미할 때 이 작품의 진정한 가치를 느낄 수 있을 것이다.

▌독후감 2 ▌ 집착을 끊고 참사람으로 거듭나는 옹고집

세상에 옹고집이라는 말이 많이 쓰이고 있다. 흔히 고집이 세어 남의 말을 듣지 않거나 욕심 · 집착이 강하여 남의 입장을 돌아보지 않는 사람을 가리켜서 옹고집이라 한다. 고집 중에서도 요지부동의 단단한 고집, 그래서 결코 마음의 문을 열지 않고 남의 모든 것을 거부하는 사람 말이다.

이러한 옹고집이 주인공으로 의인화되어 쓰여진 작품이 바로 《옹고집전》이다. 줄거리를 살펴보면, 학대사가 악인을 제도하려고 옹고집을 찾아가 시주를 청하다가 말 못할 곤욕을 당하는데 학대사가 제자들과 상의 끝에 도술로 진짜 옹고집을 골탕먹인다.

옹고집의 집에 찾아가 진짜 옹고집 행세를 하고, 반면 진짜 옹고집은 집에서 쫓겨난 후 유리걸식(遊離乞食)하며 산천을 떠돌다가 도사를 만나 참회하고 새로운 사람으로 다시 태어나게 된다.

이처럼《옹고집전》의 주제는 일반적으로 개과천선이나 권선징악이라고 볼 수 있다. 착한 사람은 고생을 하지만 결국에 복을 받고 악한 사람은 끝내 자신이 한 행동에 대해 벌을 받아 죄를 뉘우친다는 내용, 이는 우리 나라 고전소설의 일반적인 패턴이다.

그러나《옹고집전》에서 한 가지 간과할 수 없는 점은 이 소설이 불교 소설이라는 관점에서 아주 본질적인 면을 다루고 있다는 것이다. 즉, 집착을 참회로써 벗어나 본성을 깨닫고 참사람으로 거듭난다는 것이다.

우리는 흔히 자기 자신에게 또는 자신이 소유하고 있는 것에 집착하는 경우가 있다. 그런데 이 집착이야말로 모든 고통의 원인이 되는 것이다. 실제로 부처의 가르침은 거의 모두가 '집착을 버려라', '마음을 비워라'는 데에 집중되어 있다.

그러나 이러한 과정에 요구되는 실천적 요건이 엄연히 존재하는데 그것이 바로 참회다.

인간이기에 누구나 한 번씩은 실수를 할 수도, 잘못을 저지를 수도 있다. 그러나 중요한 것은 같은 잘못을 다시 저지르지 않도록 노력하는 데 있지 않을까 생각한다.

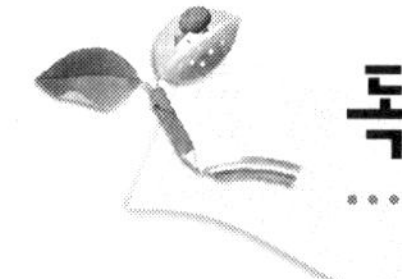

독후감 제대로 쓰기

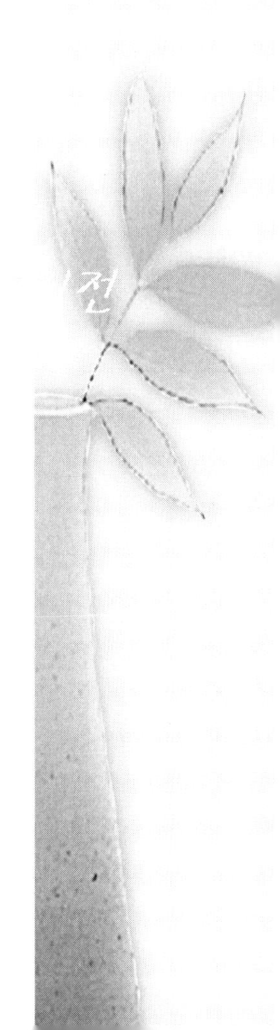

책을 읽기 전에

우리는 책을 통해서 지식을 쌓고 학문을 연마하게 됩니다. 또한 교양을 얻고 수양을 쌓게 되지요. 그리하여 즐겁고 보람 있는 생활을 할 수 있는 것입니다. 이러한 습관이 지속된다면 이것이 곧 나의 생활 자체가 되고, 책을 읽는 시간이 얼마나 가치 있고 즐거운 시간인지 깨닫게 될 것입니다.

독후감을 쓰기 위해서는 책을 읽어야 함은 말할 것도 없습니다. 그러나 아무 책이나 읽는다고 다 좋은 것은 아닙니다. 특히 중학생은 아직 양서를 구별할 만한 충분한 지식을 갖추지 못했기 때문에 선생님 혹은 부모님, 그리고 선배들이 권하는 책이나, 이미 국내적으로나 세계적으로 잘 알려진 명작이나 명저를 찾아 읽는 것이 바른 방법이라고 볼 수 있습니다. 예컨대 사회적으로 존경받을 만한 사람들의 일대기를 그린 위인전이나 자서전 같은 것은 읽을 가치가 있으며, 명시 모음집이나 명작 소설, 특정한 분야의 관찰기, 평론집 같은 것도 좋은 읽을거리가 될 수 있습니다.

그럼 효율적인 독서를 위해서 유의해야 할 점을 알아볼까요?

첫째, 본문을 읽기 전에 책의 앞부분에 있는 머리말이나 해설하는 글을 먼저 정독합니다. 그러면 책을 쓰게 된 동기나 평가 등에 대하여 잘 알 수 있게 되죠.

둘째, 목차를 잘 살펴봅니다. 목차에서 그 책의 내용이 어떻게 전개될 것인가에 대해 미리 파악할 수 있기 때문입니다.

셋째, 본문을 읽기 시작하면, 그 중에 잘 모르는 단어나 문구가 나오기 마련입니다. 그런 것은 곧 사전을 찾아 뜻을 알아두어야 합니다. 그런 것을 무시했다가는 자칫 전체를 이해하지 못하는 오류를 범할 수 있거든요.

넷째, 각 문단별로 소주제가 무엇인지를 파악하고, 그 줄거리를 요약하는 습관을 길러야 합니다. 특히 필자가 표현하려는 것과 그 뒷받침되는 내용이 무엇인지 알아내는 것이 필수겠지요.

다섯째, 글의 배경은 무엇인지, 앞뒤 맥락이 어떻게 이어지고 있는지를 잘 생각하면서 읽어야 합니다. 그리고 소설일 경우에는 주인공과 등장인물들의 성격이나 특성을 파악해야 하지요.

여섯째, 다 읽은 다음에는 줄거리를 만들어 보고, 전체적인 주제가 무엇인지 정리하는 작업도 필요합니다.

2. 책을 감상하는 방법

책을 읽을 때는 내용을 진지하게 파고들어 가며 읽어야 합니다. 즉 자기의 현재 생활과 비교해 가며 생각의 폭과 사고를 넓히는 것이 중요하답니다. 그리고 작품의 문체 · 제목 · 주제 · 논제 등도 염두에 두고 읽으면 독후감을 쓰기가 좀더 수월해집니다.

그리고 저자가 강조하고 있는 내용과 사건들이 현재 우리 사회에 어떤 의미를 가지고 있으며 어떻게 발전시켜 나가야 할 것인가를 생각하며 읽습니다. 더불어 저자가 작품에서 강조하려고 하는 것이 무엇인가를 파악하며 읽을 필요가 있습니다. 그렇다고 굉장한 부담을 느끼면서 책을 읽을 필요는 없습니다. 책 읽는 것 자체를 즐긴다면 그리 깊게 생각하지 않아도 작가가 말하려는 바를 깨닫게 될 테니까요.

그렇다면 각 문학 장르에 따라 어떤 점에 유념하여 책을 읽어야 하는지 알아볼까요?

▌소설▐ 작품의 주제를 파악하고 작중 인물의 성격과 배경을 생각하며 주인공이 어떻게 변화되어 가고 있는가를 염두에 두고 읽습니다. 자신의 생각이나 현실과 결부시켜 보는 것도 재미를 배가시켜 줄 거예요.

▌시▐ 선입견 없이 그대로 느낌을 받아들이며 읽습니다.

▌희곡▐ 무대 상연을 전제로 하여 쓰여진 것이기 때문에 시간적 · 공간적 제약을 받는다는 것을 염두에 두어야 합니다.

▌역사 소설▐ 인물 · 사건 등을 작가가 상상력에 의존하여 구성한 글로서, 항상 계몽사상이나 민족의식 고취 등 어떤 목적이 들어 있는지를 파악하며 읽어야 합니다.

▌역사▐ 역사는 역사 소설과는 구분지어야 합니다. 이것은 정

확한 기록으로 글쓴이의 주관적 해석이 들어 있을 수 없으며, 시간의 흐름에 따라 사건을 나열한 것임을 생각해야 합니다.

수필 지은이의 인생관이 들어 있습니다. 심리적 부담감이 적으므로 편안한 마음으로 읽을 수 있습니다.

전기문 인물의 정신, 자취, 시대적 배경과 사회적 환경을 먼저 파악해야 합니다.

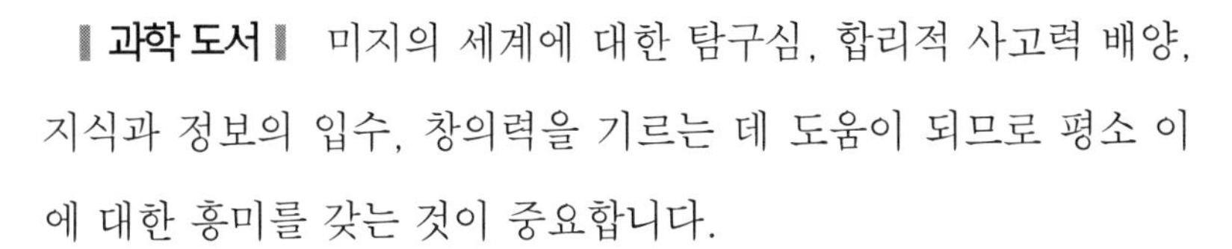

과학 도서 미지의 세계에 대한 탐구심, 합리적 사고력 배양, 지식과 정보의 입수, 창의력을 기르는 데 도움이 되므로 평소 이에 대한 흥미를 갖는 것이 중요합니다.

3. 독후감이란 무엇인가?

독후감은 말 그대로 어떤 글이나 책을 읽고, 그에 대한 느낌이나 생각을 쓰는 것입니다. 좋은 책을 읽고 그것을 정리해 두지 않는다면 곧 그 내용을 잊어버려, 독서를 한 만큼의 가치를 얻지 못할 수도 있으니까요. 그러므로 한 권의 책을 읽으면 곧 그 책의 내용을 정리하고, 느낌이나 생각을 적어 두는 것이 좋습니다.

독후감은 느낌이나 생각을 거짓 없이 써야 하나, 그렇다고 아무렇게나 써도 되는 것은 아닙니다. 즉 독후감도 글이므로 수필의 형식으로 쓰든, 논술의 형식으로 쓰든, 정확하게 읽고 주제와 내용에 맞게 써야 함은 물론이죠. 아무리 좋은 글이나 책이라도, 잘못 읽어 실제와 맞지 않는 생각이나 느낌을 쓰면 좋은 독후감이라고 할 수 없거든요. 그러므로 좋은 독후감을 쓰려면 독서를 잘해야 한다는 것이 전제됩니다. 독서를 잘하는 방법은 따로 있는 게 아니라, 그저 많이 읽다 보면 요령이 생기고, 이해도 쉽게 되며, 능률도 오르게 되는 것입니다.

 독후감은 왜 쓰는가?

독후감을 쓰는 목적은 독후감을 작성함으로써 독서하는 능력이 향상되고 글 쓰는 훈련을 할 수 있기 때문입니다. 그러므로 독후감을 쓰기 위해 책을 읽으면 보다 깊은 생각을 하면서 책을 읽게 됩니다. 또한 책을 통해 생활을 반성하며, 책에서 얻은 지식과 감명을 음미하여 자기 생활에 적용시킬 수 있습니다. 문장력과 논리적 사고가 향상되는 것은 물론이고요! 그럼 독후감을 왜 쓰는지 다음과 같이 정리해 볼까요?

1. 읽은 책의 내용을 되살려 다시 음미해 볼 수 있습니다.
2. 감동을 간직하고 책 읽는 보람을 얻을 수 있습니다.
3. 책을 통해 지식을 심화시킬 수 있습니다.
4. 책을 통해 자신의 문제를 연관지어 볼 수 있습니다.

⑤ 글을 써 봄으로 해서 생각을 깊이 있게 할 수 있습니다.

⑥ 독서 목표를 확실히 할 수 있습니다.

⑦ 작품에 대한 비판력과 변별력을 기를 수 있습니다.

⑧ 생각을 조리 있게 쓸 수 있는 작문력을 향상시켜 줍니다.

⑨ 사고력과 논리력, 추리력을 기를 수 있습니다.

⑩ 바르게 책을 읽는 습관을 형성할 수 있습니다.

5. 독후감을 쓰기 전에 생각하기

독후감은 수필의 형식이든 논술의 형식으로든 쓸 수 있다고 했는데, 사실 이 둘의 차이는 모호합니다. 다만, 수필이 자유롭게 붓 가는 대로 쓰는 것이라면 논술은 논리 정연하게 쓴다는 점이 다르다고 할 수 있습니다.

붓 가는 대로 자유롭게 수필의 형식으로 쓰는 독후감이라도 글의 앞뒤가 맞지 않는다든지, 주제가 통일되지 않으면 좋은 평가를 받을 수 없습니다. 논리 정연하게 쓰는 독후감이라면, 서론 · 본론 · 결론으로 나누어 서술해야 함은 물론이구요.

서론에 해당되는 부분에서는 그 책에 대한 소개나 쓴 사람의 생애, 또는 특기할 만한 일화 같은 것을 적는 것이 일반적입니다.

본론에 해당하는 부분에서는 그 책을 읽고 특별히 다루려는 내용을 체계적이고 구체적으로 써야 합니다.

결론에서는 본론에서 다룬 내용을 요약하거나, 자신이 읽은 후의 감상, 그 책의 좋은 점, 나쁜 점 등을 들어서 마무리를 해야 합니다.

독후감은 짧게 쓰는 것이 상례이므로, 작품 전체를 거론하기보다는 특정한 주제를 잡아서 쓰는 것이 좋습니다. 보편적으로 다룰 수 있는 몇 가지 주제를 제시해 보면 다음과 같습니다.

첫째, 작가의 의식이나 주인공의 언행, 성격과 연관지어 주제를 구현시키는 방법입니다. 문학 작품이라면 주제가 애정이나 애국, 의리나 배반일 수 있으므로 이러한 점에 초점을 두고 써야겠지요. 또한 과학에 관계된 것이라면, 그 발명의 의의나 연구자의 노력과 관련시켜 서술해야 하겠지요.

둘째, 저자의 이념이나 생애, 업적에 관심을 두고 쓰는 방법입니다.

그 작품을 통하여 알 수 있는 저자의 철학이나 사상 또는 저자가 그 작품을 남기기까지의 역경이나 작품을 쓰게 된 동기, 작품의 가치나 다른 작품에 미친 영향 등 작품과 연관시켜 쓰는 것이지요.

셋째, 작품의 내용을 중심으로 기술합니다

예컨대, 작품 속 주인공의 성격을 분석하거나 다른 사람과 비교해 볼 수도 있고, 그 작품의 사건이나 시대적 배경을 논의하거나,

작품의 구성 같은 것에 초점을 두고 이야기할 수도 있습니다.

이와 같이 작품을 읽기 전에 먼저 어떤 점에 중점을 두고 독후감을 쓸 것인가를 염두에 둔다면, 그렇지 않은 경우보다 훨씬 이해가 쉽고, 나중에 독후감을 쓰는 데도 도움이 될 것입니다.

6. 독후감의 여러 가지 유형

1. 처음에 결론부터 쓴 다음 왜 그러한 결론이 도출되었는지 감상을 자세하게 쓰거나, 감상을 먼저 쓰고 결론을 씁니다.

2. 책을 읽게 된 동기부터 설명하고 글 중간에 자기의 감상을 씁니다.

3. 저자나 친구에 대한 편지 형식으로 감상을 쓰거나 주인공에게 대화 형식으로 씁니다.

4. 시(詩)의 형태로 감상문을 씁니다.

5. 대화문(對話文) 형식으로 씁니다.

6. 줄거리부터 요약한 다음 자기의 느낌이나 생각을 씁니다.

7. 독후감을 구체적으로 쓰는 방법

어렵게 쓰겠다는 생각은 하지 말고 쉽게 써야겠다는 마음가짐을 가져야 좋은 글이 나올 수 있습니다. 그리고 무엇보다 감상문을 쓰기 전에 무엇을 어떻게 쓸까 조목별로 골자를 먼저 쓰고, 이 골자에 살을 붙이는 방법으로 쓰려고 노력해야 합니다. 이때 의도적으로 아름답게 잘 쓰려고 하지 않는 것이 좋습니다. 자, 그럼 더 자세하게 알아볼까요?

1. 먼저 제목을 붙입니다.
2. 처음 부분(머리글)을 씁니다.
   - 책을 읽게 된 이유나 책을 대했을 때의 느낌을 씁니다.
   - 자신의 생활 경험과 관련지어 써 봅니다.
   - 제일 감동받은 부분을 씁니다.
   - 지은이나 주인공을 소개하는 글을 씁니다.
3. 가운데 부분을 씁니다.
   - 자기의 생활과 견주어 씁니다.
   - 주인공과 나의 경우를 비교해서 씁니다.
   - 시시비비를 분명히 가려야 합니다.
   - 가장 극적이었던 부분을 소개합니다.
4. 끝부분을 씁니다.
   - 자신의 느낌을 정리합니다.

·))▶ 자신의 각오를 씁니다.

독후감을 쓴 다음에는 다음과 같은 추고의 과정이 필요합니다.

첫째, 쓴 글을 다시 한 번 읽으면서 맞춤법이나 표준어 규정에 어긋나는 것은 없는지 살펴봐야 합니다.

둘째, 문장이 잘 구성되어 있는지, 또 문단이 잘 짜여져 있는지 알아보아야 합니다. 한 문단에는 소주제문과 보조문들이 있어야 하는데, 그런 점이 잘 지켜져 있는지 유의해야 합니다.

셋째, 글 전체의 구성이 잘 이루어졌는지 살펴봅니다. 예를 들어 서론에 해당하는 부분이 지나치게 길다든지, 결론에 해당하는 부분이 너무 짧다든지, 전체적인 구성이 균형을 잃고 있다면 다시 고쳐 써야 하겠지요.

우리가 시간을 들여 열심히 책을 읽고 난 후 독후감을 잘 쓰기 위해서는 책을 읽고 있는 동안의 느낌을 잊지 않고 글로써 표현할 줄 알아야 하며, 책을 읽고 가장 감명받은 부분을 기억하고 있어야 합니다. 또한 다른 사람들은 어떻게 독후감을 썼는지 남의 것을 읽어 보고, 자신의 것과 비교해 보며 자주 글을 써 보는 것이 중요합니다. 그렇게 하다 보면 자신만의 개성 있는 필치로 독특한 감상문을 쓸 수 있게 되지요. 학교에서 아무리 독후감 숙제를 내주어도 부담없이 즐거운 기분으로 끝낼 수 있을 겁니다!

그 밖에 알아두면 유익한 것들

독후감 쓰기 10대 원칙

1. 자신의 수준에 맞는 책을 선택합시다.

2. 독후감 쓰는 형식이 있기는 하지만 너무 거기에 구애받을 필요는 없습니다.

3. 자신이 작가라면 어떻게 글을 이끌어갈지를 생각하며 읽어 봅시다.

4. 평소 음악 평론이나 영화 평론을 많이 읽어 봅시다.

5. 읽으면서 마음에 와닿는 것이 있다면 따로 적어 둡시다.

6. 현대 사회의 문제점과 비교하면서 읽어 봅시다.

7. 모르는 것이 있으면 적어 두는 습관을 기릅시다.

8. 신문 사설이나 칼럼을 스크랩해서 필요할 때 사용합시다.

9. 요약하는 데에만 집착하지 말고 제대로 책을 읽읍시다.

10. 읽은 후에는 꼭 독후감을 직접 써 봅시다.

책을 읽는 10가지 방법

1. 아주 어릴 때부터 책과 친하게 지내는 습관을 기릅시다.

2. 너무 속독하려 하지 말고 담겨진 내용을 충실히 읽는 습관을 기릅시다.

3. 항상 작품이 나와 어떠한 상관 관계가 있는지 체크를 해 가

며 읽읍시다.

4. 무조건 책장을 넘길 것이 아니라 시시비비를 가려 가면서 읽읍시다.

5. 매일매일 조금씩이라도 책을 읽는 습관을 들입시다.

6. 책 속에 담긴 뜻을 음미하고 되새기면서 읽읍시다.

7. 너무 자신의 취향에 맞는 책만 읽지 말고 다양한 장르의 책을 골고루 읽도록 합시다.

8. 책 속에 담겨진 교훈을 깊이 생각하고 생활에 적용시킵시다.

9. 책에 따라 읽는 방법을 달리하는 습관을 들입시다. 모든 책이 만화책은 아니기 때문이죠.

10. 바른 자세로 앉아 눈과의 거리를 30cm 두고 밝은 곳에서 읽읍시다.

9. 원고지 제대로 사용하기

▌제목 및 첫 장 쓰기▐

1. 제목은 석 줄을 잡아 둘째 줄 가운데에 씁니다.

2. 1행 2칸부터 글의 종별을 표시합니다. 가령 수필이면 '수필'이라고 씁니다. 간혹 글의 종별을 비워 두는 경우가 많은데 이는 적는 것을 잊었거나, 원고지 사용법에 무관심하기 때문입니다.

3. 제목을 쓸 때에는 마침표를 찍지 않고, 물음표와 느낌표는 붙이지 않는 것이 좋습니다.

4. 제목에 줄임표는 사용하지 않는 것이 상례입니다.

5. 이름은 넷째 줄 끝에 두 칸 정도를 남기고 씁니다. 특별한 경우에는 서너 칸을 남겨도 됩니다.

6. 성과 이름은 붙여 씁니다. 다만, 성과 이름을 분명히 구별할 필요가 있을 경우에는 띄어 쓸 수 있습니다. 예) 임채후(○), 남궁석(○), 남궁 석(○)

7. 본문은 여섯째 줄부터 쓰는 것이 좋습니다. 단, 특수한 작문인 경우는 넷째 줄부터 본문을 시작해도 상관없습니다.

8. 학교 이름이나 주소가 길 경우에는 세 줄로 쓸 수 있습니다.

9. 주소는 보통 표제지에 기재하고 원고지 첫 장에는 제목과 성명만 간단하게 적는 것이 상례입니다.

10. 성명의 각 글자는 시각적 효과를 위해 널찍하게 한두 칸씩 비워 써도 무방합니다.

11. 학교 앞에 지명을 기입할 때는 학교명을 모두 붙여 써서 지명과 학교명의 구분을 명확히 해 주는 것이 좋습니다.

▮ 첫 칸 비우기 ▮

1. 각 문단이 시작될 때는 첫 칸을 비우고 씁니다.

2. 대화체의 경우는 첫 칸을 비우고 씁니다.

3. 인용문이 길 때는 행을 따로 잡아 쓰되, 인용 부분 전체를 한 칸 들여서 씁니다.

4. 첫째, 둘째, 셋째 등으로 이야기를 전개해야 할 때는 시작할 때마다 첫 칸을 비울 수 있습니다. 단, 그 길이가 길거나 제시된 내용을 선명하게 하고자 할 때 비워 둡니다.

5. 시는 처음 두 칸 정도 줄마다 비우고 씁니다.

▌줄 바꾸기▐

1. 문단이 바뀔 때는 줄을 바꾸어 씁니다.

2. 대화는 줄을 새로 잡아 씁니다.

3. 인용문을 시작할 때는 줄을 바꾸어 씁니다. 단, 그 길이가 길 때 한해서입니다.

4. 대화나 인용문 뒤에 이어지는 지문은 글이 다시 시작되는 것이므로 한 칸을 들여 씁니다. 단, 이어 받는 말로 시작되는 지문은 첫 칸부터 씁니다.

▌문장 부호 및 아라비아 숫자, 영문자▐

1. 문장 부호는 한 칸에 하나씩 넣는 것이 원칙입니다.

2. 아라바아 숫자는 한 칸에 두 자씩 넣습니다.

3. 한자(漢字)로 쓸 때는 띄어 쓰지 않습니다. 그러나 한자와 한글이 함께 쓰이면 띄어 쓰기를 합니다.

4. 마침표(.)와 쉼표(,) 다음에는 통례상 한 칸을 비우지 않으며, 느낌표(!), 물음표(?) 다음에는 통례상 한 칸을 비웁니다.

5. 행의 첫 칸에는 문장 부호를 쓰지 않습니다. 첫 칸에 문장 부호를 써야 할 경우는 그 바로 윗줄의 마지막 칸에 글자와 함께 씁니다.

6. 영문자의 경우, 대문자는 한 칸에 한 글자, 소문자는 한 칸에 두 글자씩 넣습니다.

10. 문장 부호 바로 알고 쓰기

1. 마침표 : 문장을 끝마치고 찍는 문장 부호로 온점(.), 물음표(?), 느낌표(!)를 이르는 말입니다.

2. 쉼표 : 문장 중간에 찍는 반점(,) 가운뎃점(·) 쌍점(:) 빗금(/)을 이르는 말입니다.

3. 따옴표 : 대화, 인용, 특별어구를 나타낼 때 쓰는 문장 부호로 큰따옴표(" ")와 작은따옴표(' ')를 씁니다.

4. 그 밖의 문장 부호 : 물결표(~)는 '내지(얼마에서 얼마까지)' 라는 뜻에 씁니다. 줄임표(……)는 할말을 줄였을 때와 말이 없음을 나타낼 때 씁니다.

11. 마치며

초등학교나 중학교에서는 독후감이라는 말을 사용하지만 고등학교에 가게 되면 독후감이라는 말보다는 아마 논술이라는 말을 더 많이 쓰고 더 많이 듣게 될 것입니다. 논술이란 말 그대로 어떠한 논제를 가지고 논리적으로 서술하는 것을 말하는데, 이는 하루아침에 이루어지지 않습니다. 다양한 분야의 많은 것을 폭넓고 깊이 있게 알고, 주관을 뚜렷이 할 때만이 논술을 잘 쓰게 되는 것이지요. 그러기 위해서는 중학교 시절부터 많은 책을 읽어 보고 스스로 글을 써 보는 훈련을 하는 것이 중요합니다.

실제로 고등학교에 가면 교과목 공부에도 시간이 모자라 제대로 책을 읽을 시간이 없거든요. 무엇을 알아야 글을 쓸 것이고, 자신의 주장을 피력할 것 아니겠어요? 그러니 중학생 시절부터 좋은 책을 많이 읽어 보고, 생각해 보며, 글을 써 보는 노력을 하는 것이 여러분의 미래를 더욱 밝게 해줄 것입니다. 아마 그렇게 한 사람은 그렇지 않은 사람보다 10리쯤 앞서 나가지 않을까 생각되는데 여러분 생각은 어떠세요?

▌성 낙 수▐

한국교원대 교수, 연세대학교 졸업, 동 대학원에서 석사 · 박사 학위 받음.

▌조 현 숙▐

제천공업고등학교 교사, 한국교원대학교 졸업, 동 대학원 수료.

▌김 은 정▐

묵호여자중학교 교사, 한국교원대학교 졸업.

중학생이 보는

흥부전 · 옹고집전

초판 1쇄 발행 2002년 7월 25일
초판 8쇄 발행 2021년 11월 30일

엮 은 이 성낙수 · 조현숙 · 김은정
지 은 이 작자미상
펴 낸 이 신원영
펴 낸 곳 (주)신원문화사

주 소 서울시 구로구 가마산로 27길 14 신원빌딩 10층
전 화 3664-2131~4
팩 스 3664-2130

출판등록 1976년 9월 16일 제5-68호

* 잘못된 책은 바꾸어 드립니다.

ISBN 89-359-1036-8 43810